JN074287

二人キャンプしたら
異世界に転移した話
4

主な登場人物

ガーク

銀級の元冒険者でギルドの部長を務める。カエデにいつも振り回されているが、意外と親切。

カエデ

失恋を癒すためにソロキャンプに来たら異世界に転移してしまった会社員。もともと自由でガサツな性格だが、異世界でどんどんハートが強くなっていく。肩にいるのは、ベニの分身の妖精ギン。

オハギ

黒豹の子どもの姿をした妖精。出会ったときは記憶を失っていたため、カエデが「オハギ」と命名。

シャーク
盗賊『首残しのウルフ』
の一員。赤毛の冒険者
風で、カエデのことを
敵視している。
カイ
パーティーの仲間に裏
切られたところをカエ
デに助けられた少年。
少しどんくさいが、努
力家の一面がある。
ユキ&うどん
フェンリルの親子。クー
ルで警戒心が強い親フェ
ンリルのユキと、好奇心
旺盛で甘えん坊の子フェ
ンリルのうどん。

Contents

一人キャンプしたら異世界に転移した話 4

トロ猫

イラスト
むに

前回までのあらすじ

失恋の傷を癒すべく山中をソロキャンプ中だったカエデは、突然異世界にある死の森へ転移してしまう。獰猛な魔物が生息する森で、マジカルパワーゼロのサバイバル生活を開始。

フェンリルのユキとうどん、妖精女王ベニといった仲間も加わり、たくましく森で1年近く生き抜いたカエデは、日本への帰還方法の手がかりを求め、ベニの分身の妖精ギンと共に、人里へ向けて出発。ロワーの街に辿り着き、冒険者の資格を得る。

ある日、ゴブリン討伐の依頼を受けたカエデはホブゴブリンのきょうだいを助ける。2人をダリアとバンズと命名し保護。ゴブリンマミーとの死闘の末、殲滅に成功する。ロワーに戻ったカエデは、帰郷を願うダリアとバンズをホブゴブリンの村へ送り届けることを決意。

悪戯妖精に翻弄されながらも迷いの森を抜け、ホブゴブリンの村に到着したカエデ。そこで日本からの転移者のキヨシの娘・サダコと知り合う。最初は反目していたものの、2人はよき友人関係に。さらに元気いっぱいの黒猫の妖精・オハギも仲間となる。

しかしマウンテン鼠の襲来により、村は窮地に。カエデはサダコと共にマウンテン鼠に立ち向かい、どうにか勝利を収める。村の人々に別れを告げ、ロワーの街に戻ったカエデ。しかし短期間の旅だったはずが、なぜか帰ると1年近くの歳月が流れていて……。

1章　ロアーの街への帰還

「嘘でしょぉぉぉぉぉ」

ロワーの街検問所の前、人の視線を構わずにしばらく大声で嘆きながら地面に蹲る。

若い頃の1歳なんてものはそこまで問題はない。だが、28歳から飛んで30歳目前になるのは私の中では大問題だ。貴重な最後の二十代が鼠の爆発で削られたという事実も残念さに拍車がかかっている。完全に巻き添え被害だし、ひどすぎる。

「30目前って……嘘でしょう」

「カエデ、大丈夫だえ～？」

「カエデ、何か食べて元気出すの！」

ギンとオハギが蹲る三十路目前を慰める。うどんにも額をペロリと舐められる。ユキちゃんは……ってスルーかよ！　明後日の方角見て面倒そうに欠伸するユキを睨む。

ロワーの街周辺の風景は出発時とさほど変化はないのに、1年の経過……。

（あの爆発、恐ろしいって！　マジカルパワー怖いって！）

爆発後に爪が伸びた時には、確かに違和感はあった。それに、思い返せばホブゴブリンの村の外で結界を翳っていたハデカラットも、爆発後は全て白骨になって発見されていた。違和感はあった！　あったんだけど、いつものマジカルタイムだと流してしまったんだ。

ホブゴブリンたちはなぜ気付かなかったかって？　あの人たち……人族と時間の流れが違うから、数年過ぎたとしても気付かなそうじゃん。数十年前を『そんなに前じゃない』って言っていたし……。

それにしても1年は痛い。一気に年を取った気分だ、最悪。何度も30という数字の歌がコミカルに流れるのが聞こえる。元凶の妖精たちを真顔で見る。

「ギン、オハギ……その30の歌を歌うのをやめて」

「だえ～？」

「ダメなの？」

「うん。今日は心のダメージがひどいから労ってほしい」

本気でタイムトラベルのショックからしょんぼりしていると、ギンとオハギが私の顔に身体を寄せる。

「ナデナデだえ～」

「スリスリするの！」

あー、交互にナデナデとスリスリをされて気持ちいい。この心地よさ、不安と悲しい気持ちも飛んでいく。うどんも手に鼻を擦り付け、ユキは足の上に座った。これ、モフモフ天国じゃん。

「おい！　カエデ！　お前、いつまで門の前に座ってやがんだ！　早く冒険者ギルドに生存の報告に行けって。そこにいられても邪魔だ！」

みんなに撫でられグヘへと情けない声を出しながら揺れていたら、ゲオルドから呆れたように大声で怒鳴られ、モフモフ時間が終了した。ゲオルドにジト目を向けると、後ろを見ろと背後に指を差す。振り返れば、検問を受けようと並んでいる親子が警戒した顔でこちらを見ていた。これ、私、ただの変態じゃん。

「ごめんなさい。今、移動します」

後ろの親子に頭を下げながら、ゲオルドより少し若い門番の前へ向かい冒険者タグを手に握って止まる。

「あ……これってまだ有効なの？」

「銀級なら1年は有効のはずだ。なんだ？　他の街で更新しなかったのか？」

「あーいや、ちょっと忘れていて……」

「そんなことあるのか？　タグを調べるからここに置け」

門番に言われた通りにタグをトレーに載せる。もしかして、銀級のタグの有効期限が切れていたら冒険者試験からやり直しになるとか？　そんなことになったら本当に泣く。タグを調べる門番を不安そうに凝視していたら、頷きながら笑う。

「よかったな。まだ有効期限内だ。期限の詳細は冒険者ギルドで尋ねてくれ」

「よし！　ありがとうございます」

ガッツポーズをしてゲオルドに視線を移すと、ジロッと睨まれる。ゲオルドはどうやら私が門をくぐるまで確認するようだ。腕を組んで仁王立ちしながら、まじまじとこちらを見ている。

そんなことしなくてもちゃんと冒険者ギルドには行くって。門番がタグを返しながら声を潜め言う。

「隊長はあんな感じだが……その、あんたを心配していたのは本当だ」

「あれ、心配から？　今にも爆発しそうなくらい顔が赤いんだけど」

「まぁ、今は怒りの方が強いが……隊長はああ見えて子供には甘いので有名だからな」

「子供……」

いつもだったら子供扱いされることには言い返すけれど、ゲオルドの急かすような視線から早く逃げたくて門番に礼を言い、さっさと門をくぐる。

ゲオルドにも門をくぐったよと裏ピースサインを送る。すぐにそれが卑猥なジェスチャーだと思い出したが、既に遅かった。

「おい！　なんだそれは！」

「ゲオルド、またね！　バイバーイ！」

ゲオルドに説教される前に急いで門から走り去り、そのまま冒険者ギルドへ直行する。

ギルドまでの道のり、ジロジロと街の人の視線を感じた。はいはい、もう好きなだけ見ればいいよ。堂々と街を歩き、冒険者ギルドへと向かう。途中、私たちを覚えている数人の街の住民には軽く挨拶程度の声をかけられたので手を振っておいた。ギンも他の人には見えていないだろうが、健気に街の人に手を振っていた。癒されるわ。オハギはどうやら人見知りなのか、門からずっと私の背中に隠れている。

冒険者ギルドに到着。実際、私の中では数週間の話なのだが……なんだか冒険ギルドの建物が懐かしく感じた。

「お、フェンリルの小娘じゃないか。久しぶりだな。死んだって聞いたがやっぱり生きてたのかよ」

冒険者ギルド前で以前、酒とムギチャを交換した冒険者の男とばったり会う。向こうも私を覚えていたようでフレンドリーに声をかけられた。

「ん。生きてる」

「そうだよな。飲み屋での賭けは俺の勝ちだな。俺は生きているって信じてたぜ。他の奴らは小娘が死んでるってのに賭けていたがな」

ガサツに笑いながら、今日の酒代を儲(もう)けたと嬉(うれ)しそうに笑うムギチャ冒険者。

「勝手に殺すのやめて、あと賭けに使うのもやめて」

「だよな。まぁ、あとで酒でも奢(おご)ってやるから付き合えよ」

「奢りなら」

ムギチャ冒険者が千鳥足でどこかへと向かう。こんな日中からもうすでに酔っ払いかよ。

背中にいたオハギが脇からニュと顔を出し、冒険者ギルドの建物を訝(いぶか)しげに見る。

「ここが冒険者ギルドなの？」

「オハギは初めてだったね。うん、ここが冒険者ギルドだよ」

「うーん。初めて？」

オハギが地面に飛び降り、冒険者ギルド周辺の匂いを嗅(か)ぎ尻尾を揺らしながら戻ってくる。

「大丈夫なの！」

「何が大丈夫なん？」

「敵、いないの！」

「意味がよく分からないけど、ありがとう」

ニャンコパトロールか？　外から見る限り冒険者ギルドが特に変わった様子はない。

外の窓から中を覗(のぞ)けば、受付にいるのは見たことのない男女のギルド職員だ。ガークがいれば、マルゲリータに先に話を通してもらえそうなんだけど……ガークの姿はここからは見えない。

「ガークは裏にいるのかな」

意を決しギルドの中に入った瞬間、賑(にぎ)やかだった冒険者たちがシンと静かになる。もちろん、変な冒険者に絡まれる率が高いのでユキとうどんも一緒だ。ギンとオハギは妖精なので傍からは見えないだろうが、ギンは定位置の肩の上、オハギは背中にぴったり引っ付いていた。

辺りからヒソヒソと聞こえたのは、ユキたちの話だった。

「なんだあれ、狼か？　デケェな、おい」

「お前バカか、あれが狼なわけねぇだろ」

ユキもうどんも確かに以前と比べたら成長した。最近はオークの魔石を食べずとも身体が太くなったと思う。特にうどんの成長は著しい。

受付への列は珍しく女性の方が短かったので、そちらへ並ぶ。奥の席にいた見覚えのある冒険者と目が合う。

「あ、あの黒髪の女、以前この街にいた奴だぞ」

「あんな小娘いたか？」

「そういえば、お前はあの時いなかったな。あいつは1年前くらいにこのギルドで一気に銀級まで昇級したカエデ・タダ――」

「次の方、どうぞ～」

奥の冒険者の声を遮るように順番を呼ばれたので、受付の女性の前へ向かう。

「初めまして。受付のマリナーラです～。ロワーの街へようこそ～。本日はどのようなご用件でしょうか～」

くねくねと動きながらマリナーラと名乗った受付の女性が尋ねる。マリナーラは、十代後半くらい？　この世界では珍しく小柄で髪も目もくりくりした童顔だった。

「とりあえず、冒険者タグの有効期間を調べてほしいんだけど」

「は～い。分かりました～。ここにタグを置いてくださ～い。調べてきま～す」

差し出されたトレーの上に銀級のタグを置くと、一瞬だけマリナーラの目が鋭くなる。その眼光に自然と腕に小さな鳥肌が立った。何、この親近感のある感覚……。

「銀級～それも上ですね～。今、調べてきま～す」

「うん。よろしく」

マリナーラは話し方に特徴はあるものの、動きはとても機敏だ。いつの間にか目の前から消え、どこかへと行った。

マリナーラが私の冒険者タグを調べにどこかへと消えてから10分ほど受付で待っているが、

一向に戻ってこない。なんで？　この謎の待ち時間にすることもないユキとうどんは足元で丸くなって寝てしまった。

後ろに並んでいた冒険者たちも耐えられず、次々と隣の受付へと移動していった。肩から降りたギンが、受付に置いてある羽ペンの羽根を指差しながらおねだりする。

「カエデ、これこれ～」

「ん、ギン。それは他人の物だからダメだよ。羽根が気に入ったのなら、別の羽ペンを買ってあげるから」

ギンがチラチラと羽ペンを何度も見ながら肩へと戻ってくる。こういう好きな物が欲しいというところは本当にベニにそっくりだ。それから更にしばらく待つと、初めて見る冒険者だろう厳(いか)つい男がギルドに入ってきた。男は受付の列を見ると明らかに面倒そうな顔をしたあとに、文句を言いながらこちらへ向かってきた。

（こっちに来なくていいし……）

男が一目こちらを見て口角を上げる。ああ、嫌な予感がする。

「おい、なんで今日に限って1列しかねぇんだよ。ねぇちゃん側の受付はどこ行ったんだよ」

「調べものをしてるけど、すぐに戻って来るんじゃない？」

「ああ？　ねぇちゃんのせいで1列なのか？」

「なんでそうなるん？」

ニヤニヤしながら難癖をつける厳つい冒険者の男。ああ、もうこれ懐かしの難癖パターンじゃん。冒険者ギルドは1年経っても何も変わっていないようでなんだか安心する。

普段ならユキたちの存在が変な奴に絡まれるリスクを下げるんだけど、厳つい冒険者……たぶん丸くなっているユキたちが受付のカウンターの陰になっていて見えていない。

ここはユキに起きて軽く威嚇でもしてもらおうかと思ったら、マリナーラの緩い声が受付カウンターから聞こえた。

「大変長くお持たせいたしました～。あれ～アンドレさん、何をしているのですか～？」

「げっ。いや、なんでもない。依頼の終了報告に来ただけだ」

マリナーラの登場に、明らかにまずい顔をする厳つい冒険者のアンドレ。

「そうですか～。お疲れ様です～。それならこちらの受付はしばらくお時間が必要なので隣に並んでくださ～い」

「隣の列だと時間がかかるだろ。どうせなら奥にいるいつもの可愛い子を呼んでくれよ。な？」

「アンドレさん、お時間がかかるので隣に並んでくださ～い」

いつの間にか隣にいたマリナーラがアンドレを注意する。カウンターの中からどうやって隣に来た？　全然分からなかったんだけど。

アンドレはマリナーラが苦手なのか、どんどん態度が小さくなっていく。そんなアンドレにマリナーラは隣の列に並ぶまで無表情で圧をかけ続ける。

「ちっ、分かったよ」

アンドレは大人しく隣の列に並ぶ。今までにない平和的な解決だった。マリナーラ、すごいじゃん。礼を言おうと思ったら、マリナーラが床に尻をべったり付けユキの前に座っていた。

「この子たち、フェンリルですか～？」

「うん。ユキとうどんって名前」

「ユキちゃんとうどんちゃんって名前なんですね～。可愛いですね～。触ってもいいですか～」

「ユキは自分もうどんも触られるの苦手だから」

「それは、残念です。撫でるのは諦めます～」

モフモフできなかったことを残念そうにしながらマリナーラは受付のカウンターの中へと戻り、冒険者タグのトレーを目の前に置いた。

「冒険者タグをお返ししますね～。有効期間はあと15日です～。早く銀級の依頼をしなければ期限切れになります～」

「ギリギリじゃん！」

「ギリギリです～。でも、ちょうどいい依頼を先ほど一緒に探してきました。そのことについて詳しく別室でお話させていただいてもいいですか～？」

「うんうん」

話し方には癖があるけど、マリナーラは結構ちゃんと仕事ができそうだ。マリナーラに案内され別室へと向かう。

「こちらへお入りくださ～い」

「……いや、これマルゲリータの執務室じゃん！」

途中からなんとなくこの部屋に向かっていることには気が付いていた。どうせ、マルゲリータにも帰還（？）の挨拶をする予定だったから、この部屋に連行されたことは別にいいんだけど……何か罠にハマった鼠の気分でモヤモヤする。前置きの説明なしに罠へと案内したマリナーラにジト目を向けると、両手を軽く上げ弁解される。

「あー、私も普通に案内しようとしたんです～。でも、逃げるかもしれないからって言われて～」

「別に逃げなんかしないって。ちゃんとマルゲリータにも顔を出す予定だったし」

「分かりました～。では、ご案内しますね～」

マリナーラが執務室の扉を軽くノックすると「どうぞ」とマルゲリータの声が聞こえ、背筋がムズムズした。

「ん。やっぱりあとで――」

「ギルド長、マリナーラです～。銀級冒険者カエデさんをお連れしました～」

逃げようとした私の腕を掴みながら、マリナーラが笑顔で挨拶をする。マルゲリータの前でも口調が変わらない。この子、大物だ。

ぴょこぴょこ顔を出していたオハギも、執務室に入ると急いで背中に隠れた。

街に入ってから、オハギはほぼずっと私の背中に引っ付いている。ギンと同様にほとんどの人には妖精のオハギの存在は視えないのだが、マルゲリータは別だ。前から何度もギンを目で追っていた。以前、賊から助けた貴族の三男坊のオスカーと同じで妖精が視える人なのは確実だ。

「失礼しま～す」

マリナーラのあとに続き執務室に入室しようとしたが、寒気がして躊躇する。だってマルゲリータ、すんごい笑顔なんだもん。逆に怖い。

「あら、カエデさん。どうしたのかしら。遠慮せずにお入りなさい」

「は、はい」

そろりと執務室に入り顔を上げると、マルゲリータが私の顔を覗き込み、安心したように穏やかに微笑みながら椅子に座るよう促される。

「無事に生きていて安心いたしました」

「ご心配をおかけして申し訳ありませんでした」

「そうですね。冒険者タグの更新がなければ、高い可能性で死亡したのだろうと考えておりましたよ」

それは困る。というか、冒険者タグが失効してなくて本当によかった。

「銀級の依頼、一応集めました〜。緊急性が高いものから順に並べましたけど〜」

マリナーラが執務室の机に資料を置き、報告する。

マリナーラがチラッとマルゲリータに視線を移し黙った。

「マリナーラ、ありがとう。しばらく2人でお話をするので、ここには誰も通さないようお願いするわね」

「は〜い」

「それから、身だしなみは気を付けなさい。タイが曲がっているわ」

マルゲリータがマリナーラのタイを整える。2人とも背丈は同じほどの高さで全体的に小柄だ。隣同士に並べば横顔まで似ている。そういえば、マリナーラから感じたあの鋭い眼光——あ、と声を出すと2人同時にこちらを振り向いた。

「そっくりじゃん」

「あら、気が付いたかしら？　マリナーラは私の孫なのよ」

「うん。並ぶと似てる」

「ふふ。そうでしょう？　孫の中でも私と一番似ているのよ」

外見の話だよね？　マルゲリータがもう1人とか勘弁してほしい。ニコニコとマリナーラの話をする姿は完全に孫を自慢するお婆(ばあ)ちゃんだ。

「孫、前はいなかったよね？」

「そうね。依頼の増加と共にこの街にも新しい冒険者が増えたのですよ。そのため、急遽(きゅうきょ)少し手伝ってもらっているのよ。ね？」

「半ば強制的でした〜」

「あらぁ？」

ギラッとマルゲリータの目が鋭くなると、マリナーラはビクッとして先ほどの発言を訂正する。

「お手伝い楽しいです〜。お金は割り増しでもらえてます〜。最高のお祖母様です〜」

完全に孫を脅しててんじゃん。自由そうなマリナーラでもマルゲリータ圧力には頭が上がらないか……気持ち、すんごい分かる。

マリナーラが執務室から退室してマルゲリータと2人きりになる。孫が退出してから一言も

発さずお茶を淹れ始めたマルゲリータ。無言の圧がつらいんだけど。やめて。

　ギンはマルゲリータに愛想を振りながら手を振るが、オハギは背中に隠れたまま出てくる様子はない。ユキとうどんは、床に敷いてあるふわふわのラグに腰を下ろしてリラックスし始めた。

（ここに長居するつもりはないんだけど……）

「蜂蜜、多めに入れておきましたよ」

「あ、ありがとう」

　目の前に置かれたお茶を見つめる。これマルゲリータの調合茶だよね。なんか今日はやけに緑っぽい。

「そんな顔しなくとも大丈夫ですよ。カエデさんがこの1年、どちらへいらっしゃったのかは詮索いたしません。冒険者のほとんどが放浪者のようなものですからね」

「ん？　うん。ありがとうございます」

　そんなことは考えていなかったけど、そうしていただければとても嬉しい。ホブゴブリンの村は外部には秘密にしたいし、謎のタイムトラベリングの説明をしたところで信じてもらえるか分からない。自分でも1年近くもの時間経過のダメージを受けたことはさっき知ったばかりで細かくは何が起こったのかを把握していないので説明できない。分かっているのは瀬戸楓

（28）から瀬戸楓（29）にバージョンアップしたこと、かつ三十路がすぐそこに迫っているということのみだ。

「それより問題は銀級タグの更新ね。まさか本当に失効寸前まで更新を待つとは……困りましたね」

「数日以内で、できそうな銀級の依頼はありますか？」

「すぐにでも向かってほしい依頼はいくつかあるわ」

マルゲリータが先ほどマリナーラが置いていった資料を数枚手に取り、目の前に置く。選択肢が一択だけじゃないのはありがたいけど、内容を見ない限りなんとも言えない。どれかは受けないといけないのは分かっているけれど、できれば穏やかな依頼がいい……そんなの淡い夢じゃん。ぜったい面倒な依頼ばかりだよね。

「これ、却下」

とりあえず一番上にあるスライム討伐の依頼はひっくり返し資料から離れたところに置いたが、すぐにマルゲリータがスライム依頼書を元に戻す。

半目でマルゲリータを見ながら、もう一度スライム討伐の依頼書を裏返すが……今度は目にも止まらぬ動きで再び資料の一番上に依頼書を戻してきた。

「やらないって……」

「今回も倍の報酬をお支払いいたしますよ」

「残念だけど、今はスライムの魔石1個も持ってないから」

残念そうにするマルゲリータにスライムの依頼書を資料の上から指で弾き、ジト目で圧をかける。

「分かりました。今回はスライム討伐のお願いを諦めます。でも、2枚目の依頼書は切実に受けていただければと思います」

銀級　ローカストの群れトウバツ　銀貨5枚【ポイント40】

ん？　ローカストって何？　群れっていうのが気になるけど、報酬ポイントはテロリストスライムの倍で太っ腹だ。

「ローカストって何？」

「裏に姿絵があるので、ご覧になって」

依頼書を裏返すとデカいバッタの絵があった。頭で考えるより先に口が動いた。

「ノー」

ここの虫って絶対巨大でしょ。虫の討伐の話だし、一応ギンに耳に手を置くようにお願いしてマルゲリータに詳細を尋ねる。

「バッタの大きさは手の平サイズだから大丈夫ですよ」

マルゲリータが謎の弁解を始めたが、何が大丈夫なん？　一体、何が！

聞けば群れは発生したばかりで、今はまだ小規模だという。田畑を食い荒らす前に早期解決をしたいらしい。

「まぁ、それは分からないでもないけど……」

「そうでしょう？　この1年で急に魔物が活性化して、少し生態系に支障が出ているのですよ」

「どういうこと？」

マルゲリータが説明するにはとにかく魔物の数が増え、強さも以前の5割増しになっているそうだ。

「なので、カエデさんのような強い冒険者に戻って来ていただいて嬉しいわ」

「えぇぇ」

渋々と次の依頼書を捲れば、森のハデカラットの調査だった。もう、鼠はいいって！

ミール関係で湧いた鼠どもが繁殖したのか、1年経った今でも森には数多くのハデカラットが生息しており、それが生態系が変わった一因でもあるようだ。鼠問題の発端である、今は亡きミールの責任は重い。でも、もう鼠はノーサンキューなので――

「パス」

ハデカラットと聞いて、床でごろ寝しているうどんの耳がピクリと動いたが……鼠はもうお腹いっぱい。最後の依頼書はダンジョン調査の護衛だった。ダンジョンもお腹いっぱいなんだけど……。

「この辺にダンジョンがあったん？」

「ええ。ここから半日の場所の、半年ほど前に突如現れたダンジョンよ。おかげでロワーの街に冒険者が増えたのですよ」

ああ、確かに冒険者ギルドには見たことのない顔ぶれが多くいた。

「そんなことあるんだ」

「他のダンジョンよりやや強い魔物がいるので、銅級の上以下の冒険者は入ることを禁じています。しかし、この依頼だと日数的にタグの更新日までに間に合わないかもしれませんね」

ホブゴブリン村でも経験したけれど、ダンジョンは未知の空間でトラブルが多そう。上手く日程通りに運ばない可能性高いし、これはナシだな。

「うーん。他にできそうな依頼はない感じ？」

「他にも銀級の依頼はありますが日数的に間に合わない依頼ばかりですね」

結局選択肢はテロリストスライム、バッタ、鼠かダンジョンなのか。どれも、全くそそられない。どれもイヤなのでとにかく迷ってしまう。

「うーん」

「迷っているのならば、ぜひこちらを検討してほしいわ」

またテロリストスライムを押し付けられるのかと思ったけれど……マルゲリータが差し出してきた資料はデカいバッタのものだった。

裏があるのかとマルゲリータを疑ったが、純粋にバッタの討伐に向かってほしいようだ。

「うーん。バッタか……」

「希望する冒険者が少なく、今朝、ギルド職員であるガークを向かわせた依頼です」

「え？　ガークが？」

家族のために冒険者業をやめたガークが動いたのなら、本当に切実な問題なんだよね。場所はここから馬車で半日もかからない農村の近くにあるそうだ。ユキの足なら数時間程度で着くね。

どうやら冒険者に人気な依頼はダンジョン関係に集中、虫退治なんか誰もしたくないのでポイントが高くなっているそうだ。まぁ、虫退治なんて好き者以外は誰も進んでやりたくないって。

一応、ガーク以外の冒険者とロワー領主の私兵もバッタ討伐に数日前に向かったそうだ。今回は特に大きな群れになる兆候があるそうで、蝗害(こうがい)が広まれば飢饉(きが)などの心配もあるのでとにかく人員を募りたいそうだ。

バッタは嫌だけど……正直これが一番、今の条件にマッチした依頼だ。ダンジョンは調査次第で護衛の日数がかかりそうだし、テロリストスライム討伐なんかはなから頭にない。

バッタの依頼書をマルゲリータに見せる。

「これにします」

「カエデさんならその依頼を受けてくれると信じていましたよ」

マルゲリータが満足そうに微笑む。

消去法でこの依頼になっただけなんだけど、なんだかどちらにしてもバッタの討伐依頼を受ける羽目になっていたような気がする。

「では、明日にでも向かいます」

「カエデさん、できれば今から向かってほしいのよ」

「今から？」

「それだけ早期に解決をお願いしたいのよ」

ロワーの街に戻って2時間も経っていないんだけど……。マルゲリータは、私が今から出立することが決定事項かのように話を進め始める。

別にいいんだけどさ、1年近くのギャップを少しくらいは埋めさせて！　マルゲリータ以外のみんなの近況とかをさ……。

「よい結果を期待しています」

依頼を受ける手続きをその場でさっさと済ませ、依頼書を渡してくるマルゲリータを半目で見る。

「分かったけど、先にユキたちの食べ物を確保するから。出発はそのあとだから」

「現地では領主の私兵、またはガークに詳しい状況を尋ねてください」

「うん。双子やイーサンたちに先に会いたかったんだけど、伝言を残せる？」

「……イーサンとあの子たちなら先月ロワーを旅立ちましたよ」

「えぇぇ！　そうなん？」

てっきりまだロワーにいると思ったけど、1年近く経っていたらそりゃ同じ場所にいる保証なんてない。双子の親類を探しに行ったのだと思うけど、1カ月前ならそんなに前ではない。

（あの時、双子に金貨を渡しておいてよかった）

「双子はあなたを探す目的で、銅級に昇格した次の日にガーザに向かいましたよ」

「え……私を探すために？」

双子は私が予定を大幅に過ぎても戻らなかったことから、3日かかるガーザの街まで探しに行くとロワーの街の門を飛び出したという。イーサンに止められた双子は、銅級になったらガーザに一緒に向かう約束でロワーに渋々戻ってきたという。

そういえば、ダリアたちをガーザまで送ると嘘をついて出立していた。あの時は普通に2週間で戻る予定だった。イーサンは師匠として双子の面倒をちゃんと見てくれているみたいでよかった。やるじゃん、イーサン。

「双子は今もガーザにいるの？」

「銅級は定期的に依頼を受ける必要がありますので、その可能性が高いでしょう。カエデさんがローカスト討伐に行っている間にガーザの冒険者ギルドに尋ねておきましょう」

「連絡してくれるん？　ありがとうございます！」

マルゲリータに礼を言い、早速バッタ討伐に向かう準備をするために執務室を退室しようとドアに手をかければ――ドンッとものすごい勢いでマルゲリータにドアを閉められる。

「えぇぇ、なんで？」

マルゲリータの目がいつかのギラギラしたものに変わったのに気付き、ドアを開けて逃げようとしたがビクともしない。なんで？

足元を見れば、マルゲリータが足でドアを食い止めていた。

「えぇぇ。ちょ、足の力強すぎじゃね」

ガタガタとドアを引っ張り逃げようとすると、近距離まで顔を近づけたマルゲリータが尋ねる。

「カエデさん、その子猫はどこから連れてきたのかしら？」

のか。

執務室を出ようと振り向いた時に、背中に隠れていた子猫の姿になっているオハギが見えた

「オハギのこと？　なんでいきなりそんなことを聞いてくるん？」

「カエデさんの背中に憑いているその子猫ね。以前はいなかったわよね？」

「は？　子猫？」、

オハギを見つけた場所は迷いの森だけど……それを伝えれば、なんでそこにいたか根掘り葉掘り尋問されそう。マルゲリータがオハギに手を出しながら優しい声で語りかける。

「オハギちゃんというのね。可愛い名前ね。あなたはどこから来たのかしらね」

ニッコリと微笑みながらマルゲリータが持っていたヒラヒラしたハンカチを振ると、オハギはそれをペシペシと叩き始めた。うどんも遊びたそうにウズウズと尻尾を振りながらハンカチを見つめた。２匹ともこんな初歩的なテクで懐柔されないでほしい。

「いつの間にか付いてきただけだから」

誤魔化しながら部屋を出ようとしたが、マルゲリータにまたも妨害される。ちゃんと話すまで扉の前から動かないつもりなん？

マルゲリータがグッと顔を近づけてくる。

「この子を見つけた場所は、どこであろうと問題にはしませんよ。大体の予想はできています

から。ただ、確認したいことがあるのです」

「なんでいきなり、このことを詰め寄ってくるん？　今までもギンの存在とか気付いていたみたいだけど何も言わなかったじゃん」

「こちらの子はギンちゃんというのね」

「ギンだえ〜。タッチタッチ」

ギンが手を上げながらタッチをアピールするが、マルゲリータはそれを微笑ましく見ているだけだった。無視されて可愛そうなのでギンとハイタッチをしてあげる。

「それで、確認したいことって何？」

扉を妨げていた足を下ろし、スカートを整えマルゲリータが小さく咳払いをする。

「その子は以前、別の方に憑いていたのを見たことがあります。その方は死の森に入ったきり現在行方不明です」

「え？　そうなん？」

「はい。ですので、彼に何があったのかをこの子猫ちゃんに尋ねたいのよ」

オハギは以前も人と共にいたんだ。それは、新しい情報だけど肝心のオハギは現在絶賛記憶喪失中だ。

「オハギ、何か覚えてる？」

「うーん。うーん。分からないの！」

マルゲリータから奪い取ったハンカチをケリケリしながら答えるオハギの姿が可愛い。可愛いけど、そろそろハンカチが切り裂かれそうだ。

「実は今、オハギは記憶喪失中で何も覚えていないみたい」

マルゲリータがオハギと私を交互に見ながらため息をつく。

「……カエデさん、あなた、やはり彼らと意思疎通が取れるのね。そのような気はしてたのですが」

「え？」

「私には彼らの言葉は聞こえません」

「えぇぇ。そうなん？」

マルゲリータは妖精が視えるだけで会話はできないらしい。尋ねたいと言ったのは、私の今までの様子から意思疎通が取れるのだろうとカマをかけたらしい。それから子猫のオハギの姿は見えているが、ギンはボヤッとした青い光にしか見えないらしい。

（オハギの方が強い妖精だから？）

オスカーにはギンのキノコ姿も見えていたし、声も聞こえていた。２人の違いはなんなんだろう。頑張って手を振ったりハイタッチを求めていたりしたギンが自分の声が聞こえないことにやや残念そうにしていたので慰める。

「ギンちゃん、青い光の姿は見えているみたいだよ」

「光？　ピカピカだえ！」

ギンがいつかのゴブリンの住処に落ちた時に出した妖精信号を出し始める。ピカピカと光ったり消えたり眩しい。

「まぁ、こんなこともできるのね。すごいわね。あら、以前よりほんの少しだけ姿が視えるようになったわ」

「え？」

ギンを確認すれば、カサの部分が以前より断然深い色合いになっている。

「成長しただえ～」

妖精信号で成長って？　ああ、うん。マジカルな話ね、了解。ベニもカサの水玉が濃くなったと成長したことを喜んでいたので、これはいいことじゃん。

「ギンちゃん、すごいね。凛々しくなったよ」

ギンを撫でながら褒めると嬉しそうに照れた。

「しかし、成長に記憶喪失とは……彼らにもそんなことが起こるのですね。子猫さんと詳しいお話ができればよかったのですが」

マルゲリータが残念そうに頬に手を置く。オハギの件はもっと話をしたいが今は時間がない。

「私もそのオハギが付いていた人間について詳しいことを聞きたいけど、とりあえず今は日が沈む前に依頼先へ到着したいから」

「ええ。戻ってからまたお話ししましょう」

「うん。じゃあね」

今度は無事マルゲリータの執務室を退室して市場に向かおうとするが、なんだか後ろからゲラゲラと尻辺りを指差されながら笑われている。笑っているほろ酔いだろう冒険者をジロッと睨むと目を逸らされる。なんなん？

冒険者ギルドを出るとビリッと破れる音がオハギからした。

「あ、ハンカチ破ってんじゃん！」

オハギからハンカチを取り上げる。

「これ、高そうなやつじゃん」

「オハギがもらったの！」

「奪ったような気がするんだけど……」

「もらったの！」

「あっそう。でも、ビリビリになったら嫌でしょ？　今は預かるから、それでいい？」

「いいの！」

ポケットにハンカチを入れ、ゲラゲラ笑っていた冒険者を思い出す。ああ、後ろからヒラヒラ白いハンカチがぶら下がっているように見えて笑っていたのか、酔っ払いどもめ。


依頼のバッタ討伐に出発する前に市場へと到着する。まずは八百屋へ向かう。店先には八百屋の女将の……えーと、あ、そうそう、イボンヌだ。イボンヌに手を振りながら声をかける。


「イボンヌ。野菜を買いに来たよ」

「あら、アンタ！　ずいぶん久しぶりね。他の冒険者からアンタは死んだんじゃないかって聞いていたから。でも、生きていてよかったよ。さすがタダノ・カエデね」

「ん？」

待って。タダノ・カエデって何？　イボンヌに尋ねようとしたが、今日のおすすめ野菜を次々と持ってきては販売台の前に並べ始めた。

「アンタの好きな黒芋にきゅうりもあるよ。今日のオススメはこれ、瑞々（みずみず）しい豆と白ニンジン。どっちも美味しいわよ」

豆料理の話まで長々と始めたイボンヌ。タダノ・カエデについて尋ねるタイミングを完全に逃した。以前のよく分からない、土下座のなんとかという二つ名で呼ばれてないだけマシだけど……。とりあえず、これ以上話が長くならないよう、イボンヌのオススメ野菜を全て購入する。

「カエデ~豆豆」

「ん？　ギンちゃん、豆が欲しいの？」

購入したスナップエンドウに似た豆を1つ肩にいるギンに渡す。

肩に乗る豆を見ながらイボンヌがなんともいえない顔で残りの野菜を渡してきたので、タダノ・カエデのことは尋ねずにお金だけを渡し肉屋へと移動する。

（タダノ・カエデ……）

肉屋に到着して看板を見上げる。

【パパマイロのニクヤ】

最後に見た時は、『パパマイロのニクヤ』から『マイロのニクヤ』に看板は新調されていたけど、『パパ』部分が新たに後付けで足されている。

元気にマイロに挨拶する。

「久しぶり！」

「おお！　ウルフ娘じゃねぇか！　生きていたのか？」

「うん。この通り元気」

「相変わらず、その2匹は目立つな。いや、なんだか前より大きくなったんじゃねぇか？」

マイロが感心するようにユキたちを褒める。確かに2匹は以前より成長した。

「うん。食欲も旺盛だから、多めに肉を買いたい」

「ああ。もちろんだ。オークでいいか？　それなら大量にあるぞ」

「うんうん。2週間分くらい適当で」

時間も惜しいのでマイロにオークを含め、適当にいくつかのおすすめの肉を見繕ってもらう。

「おらよ。こんなもんでいいか？　オークが多めだが、ハデカラット、ボア、それからカエル肉だ」

そういえば、以前のカエル肉が残っていたの忘れていた。増えるカエル肉、やったね。それにしても店先には以前よりも魔物の肉が多い。今日はブラッククローラーもあるということで、それも購入した。肉を受け取りながらマイロに看板のことを尋ねる。

「パパになったの？」

「おうよ。先日生まれたばかりだ。三代目のマイロだ」

「そうなんだ。おめでとう！」

「ああ、ありがとな。また買いに来いよ」

ユキたちのオークキャッチショーを披露後、門へ向かいロワーの街をあとにする。

ユキから降り、コカトリス仮面を外し、虫チェックをする。

「げぇぇ。大量じゃん」

予想通り、仮面には移動中に潰してきた原っぱ虫がたくさんこびり付いていた。仮面がなければ、これが全部顔に当たっていたと思うとゾッとする。サダコからもらったこの仮面に初めて感謝をする。

仮面と服についた虫を拭き取り、ストレッチをして不思議水を飲む。ユキとうどんもゴクゴクといつもより大量に不思議水を飲んだ。

「喉乾いてたんじゃん。途中でちゃんと止まってよ」

「キャウン」

うどんは元気に返事するが、ユキは横目でチラッと見るだけ。森と違って障害物がない草原を全力で走るのは気持ちよかったんだろう。

「せめて、休憩は挟んで」

「ヴュー」

ちゃんと分かってくれたんだろうか。なんだか、面倒そうに返事をされたけど。お腹も空いているだろうから、２匹に追加のオークを与える。私はきゅうりを食べる、普通の食事なんかしたらユキバスの上で吐きそうだ。

集落に入ると数軒の木造の家が建っていた。どれもずいぶん古そうだしボロボロだ。

「ってか、これ、誰も住んでない廃村じゃん」

「ここ臭いの！」

オハギが鼻を触りながら言う。妖精にも臭覚があんの？　ユキとうどんは平気そうだけど。

「カエデ、早くここを出るだえ〜」

ギンもこの場所を嫌がるので、再び仮面を被りユキに跨ると急いで廃村をあとにした。ユキの猛スピードの甲斐あって、辺りが少し暗くなり始めた頃に村が見えた。予定より早い分には問題ない。

「今度はちゃんと人がいそう」

村には明かりがところどころに灯っているのが肉眼でも見えた。スピードを落としながら近づけば、冒険者やロワーの街の私兵だろう人たちが見えた。

こちらに気付いた冒険者たちに向かって手を振った途端、大声を上げ指笛を鳴らし始められた。

「魔物が出たぞ！」

「は？　魔物？」

辺りを見回したが、魔物なんていない。もしかしてユキたちが魔物と勘違いされた？　冒険者たちに私たちは安全だと伝えるため、ユキの上に立ちながら両手を広げたが逆効果だった。

これ、よろしくないやつだ。

冒険者たちが1箇所に集まり陣を組みながら攻撃態勢に入る。

1本の光が打ち上がると空中で炸裂、照明が放たれたかのように互いの姿が見えた。

「見たことねぇ鳥の魔物だ！　構えろ」

「あ……違うって！」

コカトリスの仮面を被ったままなの忘れてんじゃん！　仮面を取ろうとしたが、その前に攻撃を察知したユキが急発進する。足元のバランスを崩し、逆向きでユキの背中へと落ちる。

『魔物』に向けられた魔法だろう火の球の攻撃が打ち上がるのを、走るユキの後ろで捉える。

「えぇぇ」

仮面を取る暇もなく、猛スピードで走るユキの尻にしがみつきながら叫ぶ。

「人間だってば！　人間！　人間！」

誤解を解こうと何度も叫んだが、そんな声は冒険者たちの怒鳴り声とユキの風を切る音で掻き消される。

「右に逃げるぞ！　追い込め！」

完全に魔物認定されてるじゃん！

冒険者たちの第一弾の攻撃を全て避けたユキが振り向き、唸る。見えないはずのユキの額の青筋が見える。

「ユキちゃん、ダメ」

「ヴュー」

冒険者たちに攻撃を仕掛けようとするユキを急いで止める。ユキは文句の唸りを鳴らしながら、素早く第二弾の攻撃も避けた。火の球が落ちた場所には爆発が起こり、火が上がる。これ当たったら最悪じゃん。ユキの頭の上に仁王立ちしたオハギとギンが恐ろしいことを言う。

「こっちも燃やすの！」

「ビリビリだえ～」

「ダメダメ。オハギもギンちゃんもやめて！」

このままだとギンとオハギが冒険者たちを感電させて乾物にしてしまいそうだ。ひとまず退散して、仮面を取って出直そう。それがいい。

「ユキちゃん、距離を取って！」

大声でそう叫んだが、ユキは距離を取らずにスピードを落として止まりジッと冒険者の陣を見つめると、先ほどまで降り注いでいた攻撃が徐々に緩くなっていった。

「あれ、攻撃やめた？」

冒険者たちが矢などを構えたままなのはここからでも見えるけど、なぜか攻撃が止まった。先ほどとは違い静かになった薄暗い草原は、パチパチと火の球の残骸が燃える音だけが響く。

ユキの背中で正面を向き、コカトリスの仮面を取る。この静かさなら声は聞こえるので誤解は解けるはず。ユキから降りようと動けばビュンと矢が1つ飛んでくる。矢はすぐにうどんが氷魔法で薙(な)ぎ払う。

ユキはイラついたかのように歯茎(はぐき)を剥き出しにしながら、冒険者たちに威嚇音を発した。

「攻撃を止めろと言っただろ！」

怒鳴り声を上げながら冒険者の陣を掻き分け出てくるのは遠目でも分かる、ガタイのいい男だ。その男の声には聞き覚えがあった。ガークだ。

ユキの上に立ち、両手を大きく振る。

「おーい！　ガーク！」

冒険者たちを掻き分け先頭に出てきた男に手を振りながらガークの名を呼ぶが……無反応だ。あれ？　なんで？　間違えた？

この距離からは暗くて顔まで見えないが、声からはガークだと思うんだけど……男は完全に停止して、たぶんこちらを凝視している。

「全然顔が見えないけど……」

「敵なの？」

「たぶん知り合いだから、攻撃はなしで」

オハギは分かったと背中に戻り隠れた。ギンはレッツゴーと肩に乗ってかけ声を出している。

先頭の男から敵対心は感じないので少しずつ男に近づけば、顔面凶器が薄っすらと見えた。

「なんだ、やっぱりガークじゃん！」

「本当に……カエデなのか？」

「うん、私」

ゆっくりこっちへ歩いて来たと思ったガークが急にダッシュで目の前まで詰め、あっという間に抱き上げられる。

「お前！　生きていたのか！」

「あ、ちょっと！　やめて、下ろして！」

「おい、下ろすから蹴るな！」

地面に足がついた途端、再びガークに片腕を回され頭をシャカシャカと撫で回される。やめて。

「ガーク、苦しいって！」

「どれだけ俺たちが心配したと思ってるんだよ。何が『おーい』だよ。まったくお前は！」

ガークは言葉の内容とは違い嬉しそうに文句を言う。頭ワシャワシャから解放されて、ガー

クに素直に謝る。

「心配をかけてごめんなさい」

「お、おう。なんだか素直に謝られると拍子抜けするな。ここに来たってことは、ギルド長にはもう会ったのだな？」

「うん。バッタの討伐の依頼できた。ってか一斉にいきなり攻撃とかさすがにひどくない？　警告なしで攻撃されたんだけど」

ガークが顔を顰めながら首を振る。

「お前……自分が暗闇でどんな姿だったのか見えてねぇからそんなこと言えんだろうが、側から見れば完全に魔物だからな」

「えぇぇ」

ガークたちから私のコカトリス姿はキラキラ光るユキたちに照らされ、まごうことなき鳥の魔物に見えていたらしい。ガークはユキとうどんに見覚えがあったので、まさかと思い攻撃の停止を命令したそうだ。

「俺がいてよかった」

「うん。そうだね。危なかった」

「ああ、冒険者たちがな」

「ん……ひどくね？」

ギンからコカトリスの仮面を出し、うどんを踏み台にして背後からガークに被せてみる。驚きながら振り向いたガークのコカトリス姿――これ、リアルに暗闇では怖いんだけど。

「確かに化け物だね」

「おい！　何、勝手に被せてやがる」

仮面を外したガークが表面を訝しげに調べながらノックするとおもむろに短剣を取り出し、いきなり仮面を刺した。

「あ！　ちょっと！　それ、一応頂き物だから刺すのやめて」

「お前……これが何か分かってんのか？」

「コカトリスだけど」

「それじゃねぇよ。この仮面の素材の話だ」

「えーと、木？」

呆れた顔のガークが仮面をよく見ろと差し出す。ユキの光で照らされた表面には先ほどガークに刺された傷跡がない。あれ？　結構グサッと刺していたんだけど、なんで？　凹んでもないし。

そういえば、サダコはコカトリスの説明はたくさんしていたけど……仮面の素材や機能については特に何も言っていなかった。でも……今更だけどこの木の感じはたぶんあの倒れた精霊樹だと思う。

「お前、これ相当ランクの高いトレントだろ」

「は？　そんな名前じゃなかったと思うけど、頂き物だから詳しく知らない」

「……言いたくないなら詳しくは聞かねぇ。ともかく、他の奴らに紹介するからさっさと付いてこい。その仮面は被るなよ」

ギンに仮面を収納、ガークを後ろから追いかけた。

先ほど攻撃してきていた冒険者たちの元へ戻ると、ガークは軽く事情を説明した。

「――というわけだ。変な仮面は被っていたが、こいつは加勢に来た冒険者だ。連日、中には数週間とローカスト狩りで疲弊しているのは分かるが、判断を間違えるな。頼んだぞ」

ガークの叱咤を受け、冒険者たちは解散した。集まっていた冒険者の中には私を覚えている人もいたようで、噂話をするのが聞こえる。

「なんだよ！　紛らわしいな」

「おい、あれって以前うちのギルドにいた最短で銀級の上に昇った土下座の――」

「ちげぇぞ。あいつの二つ名はタダノ・カエデだって誰かが言ってたぞ」

その二つ名どちらも違うから、やめて。

いい加減、土下座やタダノの二つ名に対して直接文句を入れようと思ったけど、松明に照らされた冒険者たちの顔が心底疲弊していたので軽く声だけかけるために冒険者の男どもに近づいて後悔する。

臭っ。汗臭い。スパイシーな臭いがムワムワと鼻を攻撃してくる。連日のバッタ狩りと野宿で汗と汚れの最終章を迎えたような臭いに思わず咽そうになる。ああ、吐きそう。

ガークや領主の私兵が到着する前から頑張っていたと聞いた冒険者たちだし、臭いとか無粋なことは言わない……けど、あ、ダメ。臭すぎるって。

冒険者たちから距離を取りながらも、二つ名について釘を刺す。

「ただの……普通にカエデだけだから。土下座とかウルフとかタダノとかいらないから。そこは、よろしく！」

「お、おう……」

「ん。あと、これあげる」

「布？」

返事をした冒険者の一人が、ログハウスで見つけていたどこかの代理店の粗品タオルを困惑しながら受け取る。

ユキもうどんも体臭には特に反応なしだ。イカの体液被った時はあんなに距離を取られたのにさ！　うどんはどちらかといえば、男に飛びつきたくてウズウズした表情だ。

「うどん、やめて。あれは洗濯物じゃないから」

「キュワーン」

そんな悲しい声を出しても、スパイシースメルダイブは禁止だって。汗臭い臭いを付けたうどんが私に飛びついてくる未来しか想像できない。そんなことされたら気絶するから。

いつの間にか後ろにいたガークに肩を叩かれる。

「カエデ、何をやっている。早く付いてこい」

「今、行く。ほら、うどん、行くよ」

ガークに案内されたのは、冒険者たちの野営地から歩いて10分ほどの離れた場所だった。辺り一帯に設置されたティピーは、ロワーの街の領主が今回のために私兵に貸し出したものらしい。

「なんか、いいじゃん」

「何がだ？」

「このテント」

「まぁ、雨風はしのげるな」

ガークが心底興味のなさそうに返事をする。

ティピー泊、一度だけしたことがあるけれど……あれはグランピングだった。

豪華にお肉を焼いてワインを嗜みながら、夜は寒いねって暖房をつけてフカフカのベッドに寝るという記憶のせいで変に期待が膨らむじゃん？　でも分かっているから。目の前のこれはそんなタイプのティピーじゃないってことくらい。

辺りには領主の私兵だと思われる高価そうな装備の揃っている人たちが行き来している。ユキとうどんに気付くと驚いた表情で凝視した彼らは、先ほどの冒険者たちよりも疲れもなく汚れも少ない。

一つのティピーの前でガークが足を止める。

「この一つは冒険者ギルド用だ。ここなら、ゆっくり話ができるからな」

「領主、結構太っ腹だね」

「領主様と言え、いいから早く入れ」

ティピーの中に入ると、やっぱりと言っていいほど殺風景だった。小さな置き台に簡易な椅子、それから地べたの干し草の上にはブランケットが敷いてあり、数人が寝泊まりできそうな空間だった。まぁ、ここ数日で設置したにしては悪くないじゃん。

「ガークはここで寝泊まりするん？」

「ああ、だが、重傷者が出れば外で寝る予定だ。ローカストは人には理由がない限りほぼ攻撃しない魔物だが、農作物には遠慮なしだ。まぁ、この群れは分からないが……」

「まだ小さな群れって聞いたけど」

「群れは小規模だが、今回のローカストはいつもより巨体だ。見てみろ」

「え？」

小さな置き台に、ガークが前置きなしに手の平より大きなバッタの死骸を投げてきた。

ベチョっと粘りのある音と共に目の前に叩きつけられたバッタから青緑の血が靴に飛び散る。

ガーク、やめて！

「靴に血が付いたし」

「あ？　そんなの気にしてこれからどうすんだ？　討伐の最前線に行けば、こんなの全身に浴びるぞ」

「えぇぇ」

今回の依頼がアフターヌーンティーを啜りながらうふふすることじゃないとは分かっていたけど、この靴へのスプラッタープレビューはいらなくね？

テーブルに投げつけられた頭が潰れ、片脚の取れたバッタをギンに出してもらったトングで持ち上げ、じっくりと観察する。バッタというから緑だと思ったけど、黄色と黒の縞々柄に鋭いカマ状の爪が付いていている個体だった。

（まぁまぁ大きいけど、ゴキちゃんズに比べれば小物だね）

これくらいなら平気じゃん。そんなことを思っている自分がやや恐ろしくなった。

肩から降りたギンもバッタに興味があるようで、側に座り込み一緒に観察をする。ああ、あのちょこんと座るギンの背中が可愛すぎる。そんなギンの尊さを堪能しているとオハギが急に背中から飛び出し、バッタを前足でツンツンと触りテーブルから落とそうとする。

「何これ！」

「あ、オハギやめて」

思わず大声を出し落ちそうなバッタを受け止めようと構える。バッタが何もないのにテーブルから落ちたらさすがのガークでも不自然さに気付くから！

「何を1人で喋（しゃべ）っている？」

これ……オハギの見えないガークからはカエデのワンマンショーにしか見えないじゃん。ギンとオハギと会話することが増え、自然と声が出すのが癖になっている。人前では気を付けないと。

「バッタをより深く観察していただけ」

「今年に限ってなんでこんなにデカいのかは分からないが、厄介（やっかい）——って何をしてやがる、カエデ」

オハギがバッタを地面に落とそうとするのを無事にキャッチする。ぎょええ、素手でバッタ触ったし。注意したのに何も伝わってないじゃん、このニャンコは！　訝しげにバッタを持つ私を見るガークに愛想笑いをしながら言い訳を練る。

「いや、ユキちゃんたちがバッタを食べるかなって思って」

誤魔化すために片脚を掴んでいたバッタをそのままユキの前で食べるかプラプラするが、なんだかユキが超絶不機嫌になったのですぐにやめる。どうやら、ユキはバッタには興味はないようだ。

「キャウーン」

「早くバッタを投げてなの！」

うどんは甘え声で鳴き、オハギが遊びタイムなのかと尻尾を床にペシペシする。そういう時間じゃないから！　２匹がこれ以上興奮する前にガークにバッタを返す。

「ん」

「食わないのか？」

「うん。いらないみたい」

「贅沢だな。人だってこいつを食ってんのにな」

「は？」

バッタが繁殖する時期は特に食料が減ることから、いつしかバッタそのものを食べるようになったとガークが説明する。食べ物がないなら仕方ないんだろうけど、色からして微妙じゃん。ガークの指の間から滴り落ち始めたバッタの青緑の血を凝視しながら言う。

「絶対、不味そうじゃん」

「まぁ、美味くはないな」

「食べたことあるんだ？」

「まぁな。こんな色のやつじゃないがな」

聞けば、バッタの調理法はそのままぶつ切りにして素揚げしたのを醤油と青唐辛子とニンニクをすりつぶし和えるという。バッタが主人公のレシピじゃなければ普通に美味しそうな味付けなのがくやしい。

「それで、私は何をすればいいん？」

「奴らは、日が沈むと動きが鈍くなる。夜間に可能な限り数を減らす予定だ。カエデも今夜から最前線に向かってくれ。ちょうど、いい仕事がある」

「うん。了解」

別に最前線なんて行きたくないけど、これも銀級を保つためだと自分に言い聞かせる。よし！さっさとプチプチして終わらせよう。

ガークと共にバッタ最前線に到着する。別に美景を想像していたわけじゃないけど、田畑の続く一帯のところどころに掲げられた松明の柱の周辺にはジリジリ、ギガギガと音を鳴らしながら蠢くバッタたちの合唱がうるさく鳴り響く。目の前に広がる夜の蟲畑……これは結構気持ち悪い。

まだバッタ群生の初期段階だと聞いていたけど、普通にすんごい数がいんじゃん！

「小規模じゃなくね？」

「中規模だな。聞いていた当初より増えてやがるな」

風が吹くと充満していた独特な臭いが土臭さに混じって一気に鼻を襲う。臭っ！　勘弁して！

ウッと顔を顰める。今回は臭いが多すぎる。ガークが笑いながら肩を叩く。

「カエデでも怖気付くことがあるのだな」

「カエデでもって……」

別に怖気付いてはいない。生臭いだけだし！

「もう、さっさと終わらせて帰りたいんだけど」

「ああ——」

ガークの話の途中でドンと大きな爆発音が辺りに響く。音の鳴った方を見れば大量のバッタが宙を舞う。舞い上がったバッタにはすぐに冒険者たちが攻撃、仕留めたバッタは準備した籠の中に子供冒険者が投げ入れる。

「えぇぇ」

玉入れならぬ、バッタ入れ。ポイポイと次々とバッタが籠に入り、満タンになれば火魔法使いに運ばれファイアーされる。うーん。なんか効率悪くね？　あの作業で私が役に立てる動きが見つからない。ガークを見ながら尋ねる。

「で、私は何をすればいい？」

「土魔法使いのカエデには土を掘り起こしてもらいたい。奴らは土の中に卵を産んでやがる」

別に私は土魔法使いではない。ガークは冒険者試験の時に私の放った石バンバンで土魔法使いだと勘違いしてるみたいだけど。訂正はいらないよね？

近くにいるバッタを見れば、尖(とが)った尻部分を土に突き刺し踏ん張っている。あれが、絶賛お産卵中だという。辺りを見れば、無数のバッタが同じことをしている。

「最悪じゃん」

1回のお産に何匹産んでいるのか知らないけど、これじゃ群れが巨大化するのも時間の問題じゃん。これ、もう燃やした方がよくね？

「ギンちゃん、オハギ、どう思う？」

「ビリビリだえ～」

「燃やすの！」

やる気に満ちた2人をよそに、ユキは目の前に飛んできたバッタを鬱陶しそうに払う。

「ユキちゃん、もしかしてバッタが苦手なん？」

「ヴュー」

ユキは嫌そうだが、うどんはバッタが跳ねる度に一緒に跳ねている。オハギも先ほどからウズウズとバッタを見ながら尻を振る。

うどんが飛び跳ねるのを見ながらガークが笑う。

「フェンリルはやる気だぞ」

「あれはどう見ても遊ぶ気満々でしょ」

「駆除を手伝ってくれるならなんでもいいがな」

「とりあえず、土を掘り起こして卵を殲滅すればいいんだよね？」

「ああ、昼間はできない作業だからな」

昼間はどうやら活発になったバッタがひと纏まりになってバッタ竜巻を起こすらしく、村のある方向に進行するのを食い止めるので精一杯だそうだ。ここの動物って本当アグレッシブなのしかいないのだろうか。頭を掻き、サダコからもらった手袋と土の魔石をギンから受け取り、バッタ畑へと走り出す。

まだ見える範囲にガークがいるし、一応詠唱を唱えるか。えーと、詠唱は……なんだっけ？

まぁ、なんでもいいや。

「土ホリホリ！」

「おい！　待て！」

後ろからガークの声が聞こえたけれど、既に魔石を発動していた。

大声で唱えたと同時に自分の足元からゴッソリと広範囲の土が消え、穴となった部分に垂直に落ちる。あ、そうだ。これ土を吸うんだった。イメージしたのは土を1箇所に集めることだったけど、どうやら魔石の中に集めたようだ。ドンと自分の掘った穴に落ち、グヘェと情けない声を出す。地味に深いし、地味に痛い。オハギとギンが魔法を使い、どうやら衝撃を軽減してくれたようで何も折れてはいない。

「私、バカじゃん」

明かりの魔石を棒につけ、辺りを確認する。根っこが垂れ下がった部分の横にバッタの卵だろう連結したウジみたいなものや白っぽい泡が見える。普通に気持ち悪い。この土が魔石の中にパンパンに入っている。

「どうしよう。魔石の中がバッタと卵だらけになるじゃん！」

「燃やすの！」

「ビリビリするだえ～」

ギンとオハギが嬉しそうに声を重ねて言う。うん、オハギのあの黒煙なら全部始末できそう。穴を覗くガークをチラリと見上げるが、立ったまま微動だにしないのが逆に怖い。硬直しながら何を考えているのか大体想像つくけど、今は害虫駆除が優先だ。ちなみにユキはガークの隣からこちらをうどんと共に見下ろしている。ユキちゃんめ……あの感じ、絶対にバッタ駆除の手伝いはしないつもりだ。今回はギンとオハギがいつも以上にやる気なんで大丈夫だけど、たぶん。

この穴の中なら、他の冒険者の視界には入らないから大丈夫か。

「よし、オンファイアーするか」

燃やすと聞いて妖精の２人は嬉しそうに小躍りする。何が嬉しいのかは分からないけど。黒煙だからオンファイアーというよりオンスモークか。オハギはあれを燃やすと言っているけど、どちらかといえば干からびさせているのだと思う。

「オハギ、少量ずつ出すから燃やすのよろしく。ギンちゃんは逃げようとするバッタにビリビリをかましてやって。じゃ、いくよ」

ドサッと土を魔石から出すと、一緒に絡まったバッタが蠢いているのが見えた。やっぱり魔石の中でも生きてたか。すぐにオハギの黒煙が全てを包み込む。黒煙から逃げようと四方にジャンプしたバッタどもには無事ギンのビリビリが直撃する。痙攣したバッタは無慈悲に黒煙の中へと蹴り入れた。

バッタ入り土盛りを燃やし終えたオハギが尻尾を揺らしながら報告する。

「終わったの！」

黒煙が引くと、残ったのは少し黒くなった土だけだった。第一弾バッタ、グッバイ。

「この土、少し黒くなってるけど大丈夫なん？」

「ん。バッタと卵だけ燃やしたの」

でもなんか黒く見えるけど、これ大丈夫かな。天秤にかけたら、バッタの処理の方が重要性高いけど……。

「そんなことできるなら、わざわざ土を掘り起こさなくともよかったじゃん」

「んー、パラパラの方が簡単なの」

「了解」

少量ずつでもピンポイントで駆除できるならありがたい。幾度となく土を出す、そして燃やすことを時間を置かずに淡々と流れ作業のようにやっていたら土の魔石が空になった。

穴自体は燃やし終えた土で徐々に埋めたが、以前よりも全体的に低くなってしまった。

「固めながら入れすぎた？」

少し段差があって色も変わったけど、これくらいならバッタの大群よりマシだよね。いい仕事をした。これなら数日あればこの一帯を駆除できそうだ。問題は昼間だ。元気になったバッタたちが竜巻のように進行してくるらしいけど、想像しただけでゾッとする。

明かりの魔石を照らしながらガークの元へと戻る。いたいた、相変わらずの顔面凶器に厳しい顔で睨まれる。

「怖いって」

「お前の方が怖ぃんだよ」

「なんかひどくね」

「てめぇも同じことを言ってるだろ」

「えぇぇ」

「それよりさっきの黒煙はなんだ」

あ、やっぱり見えてたか。ワンチャン暗くて黒煙は見えなかったに賭けていたけど。あの黒煙はオハギの……魔法？　なんだけど、妖精の説明をしてもどうせまた可哀相な子を見る顔をされるだけなんだろうな。んー、無難な説明でいいや。

「マジック」

「は？」

「マジック」

「は？」

「マジッ――」

「マジックマジックうるせぇ」

「えぇぇ」

ガークが般若(はんにゃ)のような顔で怒鳴る。本気で怖いんだって、その顔。

「本当のことを言え。あれは闇の魔法か？」

「あ、そんな魔法があるん？」

「人族ではいないがな」

ジロッとガークに睨まれる。待って。これはちゃんと誤解とかないと変な方向に話がいきそう。カエデちゃんは人族です。この世界の人間ではないけど、ヒューマンです。

「違うって。ちゃんと人間だし。今のは……実は妖精の魔法」

「……言いたくねぇならいい」

「えぇぇ」

妖精のことは本当なのに、なぜか全然信用してもらえない。

「どうやって黒煙を出したかしらねぇが、お前みたいに間抜けな魔族がいるとも思えない」

「間抜け……」

この世界には魔族もいるん？　まぁ、妖精やホブゴブリンだっているから、そりゃ別に魔族がいても驚きではないけど。

「魔族って存在はよくないものなん？」

「そういうわけではないが……実は俺も魔族とは一度も会ったことないから知らないが、知性が高いと聞く」

「へぇ、そうなんだ」

微妙にディスられている気がする。というか、ガークの魔族の存在は認めるけど妖精はお伽話ってスタンスは何？　特に魔族の話に興味はないので流す。

「ん。で、今みたいな感じでバッタを討伐すればいいの？」

「あんな広範囲の土魔法に黒煙を何回も放てるのか？」

魔法ではないけど、今まで魔石で限界があったのは攻撃する時の衝撃で手と腕が痛くなったからだ。吸う分には別に何もダメージはない。サダコの手袋のおかげで魔石を袖にちまちま隠すこともなくなった。オハギは見える一帯を燃やせると恐ろしい意気込みだけど、それはやめて。

「全然。マジックだから大丈夫」

「お前……」

「マジック」

「黙れ。他の冒険者と合流するぞ」

ガークがバッタ玉入れをしていた冒険者を全員招集してカエデマジックの話をするが、全員の疑いの眼差しが私に集中する。中にはコソコソと嘲笑う声が聞こえた。ですよね、分かる。

オハギはその雰囲気が気に入らないようでグルルと唸り脇から顔を出す。

「燃やすのは嘘じゃないの！」

「うん。みんなもオハギの黒煙を見れば黙るから」

本当だったら人前で謎の力を披露したくないけど、延々と玉入れ討伐しても時間の無駄だし。

大体、なんでこんな非合理的なことをやっているの？

「カエデ？」

冒険者たちの奥の方から聞こえた声の主を辿る。

「カイじゃん」

そこには以前より少し成長したカイがいた。

ガークが黒煙の巻き添えにならないように冒険者に遠く離れるよう指示を出す間、カイと言葉を交わす。

「やっぱりカエデだ。死んだと聞いていて……」

「ああ、それね。全然生きてるから」

「あの、俺――」

「カイ！　お前、何をやってやがる。早く来い」

遠くから命令口調で怒鳴りながらカイの言葉を遮ったのは二十代前半だろう赤毛の細マッチョの男だ。仲間の数人となんだかジロジロと不躾にこちらを見る男たちにユキが歯を見せる。

「何、あいつら」

「あ、あれは……その今短期でパーティーを組んでいる『処刑台の執行人』だ」

「ダサ――あ、そうなんだ」

「カイ、早くしやがれ！」

再び催促する赤毛の男にカイが頭を下げる。カイ……どう見てもまたしても仲間の選択を間違えてるじゃん。

「呼ばれてるから、またあとで」

「カイ――君に幸あれ」

「え？　あ、ありがとう」

赤毛の男の元に走りペコペコと頭を下げるカイにため息をつく。もうカイも十分大人だ。自分の選んだ道を歩むしかない、それが明らかに怪しそうな道でも……。もう一度ため息をつきながら独り言をもらす。

「カイ、阿呆だな」

「阿呆だえ～」

肩に乗ったギンがベニそっくりの口調で言うのが懐かしくて目を細める。

「うんうん。阿呆だね～」

「カイか？　ああ、あの連中と最近つるんでいるな」

冒険者を安全な位置まで後退させ戻ってきたガークが隣で同じく呟く。

「あれ、よくない連中なん？」

「いや、急にロワーの街に現れたパーティーだが依頼の成功率はほぼ完璧だ。ただ……」

「ただ何？」

「なんだか癇に障る奴らだ」

「そうなんだ」

確かに私も好きな雰囲気ではないけど、冒険者のほとんどがあんな感じじゃん？　クズがクズの中に埋もれていてもよく分からない。ガークの言葉を頭の端に置きながら土ホリホリファイアー作戦を実行に移す準備をする。準備といってもコカトリスの仮面をつけるだけだけど。

「またその仮面か」

「うん。ダメ？」

「いや、似合っているぞ」

「ガークの顔面凶器ほどじゃないけどね。一気にやるからガークも離れて」

「お、おう。頼んだぞ」

遠くに走るガークをジト目で見送りながら、1人深呼吸をする。辺りはところどころ無作為に設置された松明が灯され、ジリジリとバッタの大合唱だけが聞こえる。ユキは完全に部外者のように遠くに離れうどんと地面で横になった。キラキラと光る2匹はものすごい目立つ。くっ、ユキちゃんめ。

「ギン、オハギ。準備いい？　一気に終わらせるよ」

「レッツゴーだえ〜」

まずは足場を確認する。また落ちるのは勘弁したい。大丈夫そうなので集中して唱える。

「土ホリホリ！」

一気にごっそりと辺りの土を魔石に吸収する。空の状態から吸ったからか、最初の時よりも範囲が広い。魔石のメーターを見ればマックスだ。

「うんうん。これくらいまとめて土を集められるなら、結構時間短縮になるかも」

先ほどのように少量ずつ出して燃やそうとしたが、オハギがもっと魔石から土を出せ出せとうるさい。

「本当に大丈夫なん？」

「時間短縮なの！　余裕じゃんなの！」

「余裕じゃんだえ〜」

妖精の2人は私の言葉をどんどんスポンジのように吸収している。ギンもオハギの影響を受けてか、バイオレントになってきているような気がする。大丈夫かな……。ギンにはこれからも癒しのマスコットでいてほしいんだけど。

ピョンピョン肩で飛んでいたギンがコテッと転び、絶壁を滑り落ちていったのをキャッチする。手の中でポカンとするギンを見て笑う。ギンはギンだ。心配は杞憂だった。

「ギン、ちゃんと肩にいてね」

「カエデ、あそこあそこ」

肩に乗せたギンがオハギを指差しながら言う。いつの間にか背中から下りて待機しているオハギを見れば、尻尾をピンピンと立ててすごいやる気だ。とりあえず、掘った穴の中に下り、土の魔石から半分くらい土を出す。だって全部出せば、生き埋めになりそうだし。

「オハギ、よろしく」

「任せるの！」

オハギが目を輝かせながら巨大な黒煙でバッタ入り土を包んで――

「ちょ、ちょ！　オハギ！」

オハギから出た黒煙が十数メートルほど高く上ると龍のような形になり、上空をうねりながら更に大きく燃え上がった。

「えぇぇ。嘘でしょ！」

上空で青黒く夜空よりも輝きを放つ美しい龍を見上げると、急に大きく膨らみ上空でそのまま炸裂、暗くとも見える大きな炎が上がった。

「あー、これアウトじゃね」

乾いた声で笑う。いや、私だってある程度黒煙が上がるのは予想していたし、それを冒険者に目撃されるのも想定内だった。でも、夜だし、黒煙の全貌は見えず火で討伐した程度で収まるかなと楽天的に考えていた。でも、これ絶対ダメなやつじゃん。あー、ガークから遠く離れててよかった。今、絶対すごい顔してるから……たぶん。

「カエデ、カエデ、オハギの燃やすの見た？」

「オハギ、あれは何？」

「にょろにょろ蛇！」

「なんで蛇？」

「蛇が悪いから」

オハギの思考はたまに謎だけど、蛇の飾りが施された悪党の剣にも相当な嫌悪感を示していた。過去の記憶と何か関係があるのか単に蛇が嫌いなのか。オハギをジッと見ると、次の土を催促される。

「蛇はやらないって約束するならいいよ」

「分かったの！」

もう1回も2回も同じだろうけど、毎回毎回蛇のような巨大な龍が空に上がる演出は勘弁してほしい。土を出すと、先ほどと同じように黒煙が土を包み上昇する。溢れて逃げようとするバッタは、ギンのビリビリを食らったあとに黒煙に引きずり込まれていく。うん。これくらいでいい。これも十分ホラーだけど、蝕手のような黒煙にバッタが引きずり込まれるのを鑑賞しているのは私だけだから。

「この調子で残りもよろしく」

繰り返し何度も土を掘っては燃やし、十数箇所から黒煙の狼煙を上げる。冒険者たちは今では遠くにいるので、どんなリアクションをしているか全く分からない。

不思議水を飲みながらギンとオハギと共に変なテンションで、バッタ討伐無双をすること数時間。時刻は深夜2時。

「ぶっ通しでバッタ駆除を4時間もやってんじゃん。お腹空いた」

ひとまずここで切り上げようと最後のバッタ土を黒煙で包み込むとオハギが首を傾げ、とある土の部分を凝視する。

「どうしたの？」

「あそこに燃えない何かがあるの」

「ん？　これ？」

黒煙の引いた土の中から黒い石を発見する。どうやら魔石のようだけど、黒い石を拾い土とすすを払い叫ぶ。

「あ！　赤い魔石じゃん」

急いで赤い魔石を地面へ投げ捨てる。危ないって！　なんでこれがここにあるん？　バッタの中に魔法使う奴がいるのだろうか。もしそうだったらすごく迷惑だが、バッタの体格にしては結構サイズの大きい赤い魔石だ。以前、魔法を使うゴブリンの体内にあった物より大きい。

ギンとオハギが無言で赤い魔石を見る。

「2人ともどうしたの？」

「早くそれを袋に入れて帰るの」

うーん。あとでガークに魔法使いバッタが存在するかどうか聞いてみよう。赤い魔石はトングで挟み袋に入れギンに収納しようとしたが、フルフルと首を振られる。あ、これは入らないんじゃなくて嫌がっている。なんかよろしくない石なのは確定だな。

「さて、戻ろうか。すごい疲れたし眠たい」

ガークと冒険者の待機していた場所へ戻れば、人数が半分ほどに減っていた。バッタ土ホリホリファイアー開始から数時間が経っているし、一旦(いったん)野営地に戻ったのかもしれない。手を振りながらガークを呼べば、引きつった笑顔を返される。

「ガーク、お疲れ」

「おま……ああ、確かに疲れたな。精神的に」

「冒険者たちは？」

「ああ、最初のドラゴンが打ち上がった時に2割ほど逃げたな。半分ほどは呆然(ぼうぜん)としながら休息のために野営地に帰ったぞ。今いるのは、交代で来た奴やお前の魔法を最後まで見物したがった変わった奴らだ」

ガークが真顔で私を見ながら言う。うん。そうだ、逃げよう。

「そうなんだ。じゃあ私も野営地に戻って寝る」

この場からさっさと逃げようとすれば、がっしりとガークに肩を掴まれる。

「カエデは俺と来い」

「えぇぇ」

「いいから、行くぞ」

仕方なくガークと一緒にティピーへ向かうと、辺りにいた冒険者や領主の私兵がボソボソと噂をするのが聞こえた。

「黒煙のカエデだ」

やめて。

ガークの滞在するティピー近くでユキがぴったりと隣に付き、手に鼻を擦りつけてくる。

(うん。ユキちゃん、分かってる)

冒険者と私兵から向けられる驚き、恐れ、賞賛の視線の中に入り混じる誰かの強い殺気を感じる。1年も死の森で過ごしたので、この毒々しい感覚は間違いなくそうだ。ユキやうどんも殺気に気付いたようで辺りを警戒する。妖精の2人は特に何も言わないから、この殺気を感じていないのかもしれない。人が多すぎて、残念ながら誰からこんな目を向けられているのか分からない。ガークがティピーの前で足を止めた私を催促する。

「カエデ、何をしている。早く中へ入れ」

「……変なことするの禁止だから」

「人に聞こえる大きさで変なことを言うな」

ユキとうどんも中に入るように促したが、ティピーの扉の前でジッと辺りを見ながら待機した。

ティピーの中に入るとガークが無言になったので、ギンから出したきゅうりをボリボリと食べる。

「おい、この状況で何を食ってやがる」

「きゅうりだけど、ガークもいる？」

「そんなことは聞いていない」

「いや、だってお腹空いて死にそうだし」

「はぁ。そうだよな。カエデはカエデだ。深く考えすぎた」

ガークが何か自己完結して穏やかな顔になる。ああ、カエデちゃん魔族説がまだガークの中で生きていたのか。あんな黒煙の芸当見せられたんだしね。でも、私もあんなの出ると思わなくてびっくりした側だから。

「誓って魔族じゃないから」

「ああ。分かっている。今回、カエデのおかげで予定よりも早くあの虫どもを討伐できそうだ。報酬には色をつける」

お金か。たくさんあるけど増える分に文句はない。ガークにきゅうりを渡すと呆れながらも受け取り、2人でボリボリときゅうりを食べる時間になった。また、この無言きゅうりタイムだよ。

「もう1本いる？」

「いらん」

きゅうりをもう1本食べながらガークに尋ねる。

「バッタって魔石は出るの？」

「ローカストは下級の魔物で残念ながら魔石は出ないぞ」

「そうなんだ」

じゃあ、あの赤い魔石は一体なんだったんだろう。面倒なことは嫌だけど、赤い魔石の話をガークにするか。

「これを見てほしいんだけど」

トングで挟んだ赤い魔石を袋から出し、発見した状況を説明しながらガークに見せる。魔石を出すとギンとオハギにやや距離を取られる。なんで？

「魔力の源の魔石か。なんでそれで挟んでいるのだ？」

「危ないから」

毎回毎回、私の体内に勝手に入ってくる石ころだ。用心に越したことはない。

「……確かに珍しいが、赤い魔石は魔法を取得した魔物からのみ取れる物だ。ローカストが魔法を使うとは聞いたことないうえにあんな場所に落ちているはずがない」

「やっぱりおかしいよね」

「この黒っぽい部分はなんだ？」

「ああ、それ黒煙のすす。今、綺麗にする」

触らないように布で拭き取ろうとしたが、どうやら黒い部分は全てがすすではなくこの魔石のグラデーション模様のようだ。赤黒い魔石……これって赤い魔石とは別物じゃね？　せめて付いていた残りのすすだけでも全て落とそうと不思議水を赤黒い魔石にかけると、ポフッと音を鳴らし赤と黒のグラデーション魔石は色が落ちていき半透明になった。

「えぇぇ」

「どういうことだ？」

ガークが唖然としながら私に答えろと迫る。

「知らないし、水かけた――」

「なんだ？」

「ううん。なんでもない。水をかけただけ」

ガークが魔石を訝しげに触れないように調べている間に思考を巡らせる。といっても原因は分かっている。不思議水じゃん。絶対そうじゃん。

「カエデ、この魔石を預かってもいいか？」

「あー、それ、いらないからあげる」

「いや、あとで返す」

そんなデンジャラス石ころはいらない。ガークには分かったと返事をしたが、返されても引き取る気は1ミリもない。疲れが急にどっとやってきて、欠伸を連続でする。

「眠いから寝る」

「そうしろ。それから今日はここで寝ろ」

「……えぇぇ」

自分の身体を抱きクネクネしながら言うと、ガークにジト目を向けられる。

「……やめろ。そうじゃない。カエデもあの殺気を感じただろう」

「ああ、ガークも気付いてた？」

「まぁな。ああいう視線は珍しくはないが気を付けろ」

ガークに軽く返事をしてティピーの中でテントを張り、ギンの玉を準備して不思議水をがぶ飲みから枕へダイブをする。ガークがテントに対して何か文句を言っていたのは聞こえたが、瞼(まぶた)が重過ぎてそのまま寝落ちする。

時刻は6時。実質睡眠時間は短いけれど、寝る前に不思議水を飲んだおかげで目覚めはよい。

「ギン、オハギ、おはよう」

「おはようだえ〜」

「カエデ、これを見るの！」

オハギが嬉しそうに肉球でプニプニとテントのフロアを叩いた場所を確認する。

「何これ、キノコ？」

赤と黄色のカラフルな小さなキノコが、ニョッキキッと2つ生えていた。

「ギンのキノコだえ〜」

「え、ギンちゃんのキノコなの！」

ギンを見れば少量だがフワッとカサの下から胞子が出ていた。少し前に成長して青の色が濃くなったギンが今度は胞子かぁ。ギンちゃんの成長は素直に嬉しい。

「ギンちゃん、すごいね。キノコおめでとう」

「もっといっぱいキノコをつくるだえ〜」

そう言いながらギンが踏ん張るが、どうやら今の限界はチビキノコ2つのようだ。

「もっと成長したらいっぱいキノコを生やせるかもね。ギン、それまで無理はしないでね」

「分かっただえ～」

テントから出れば、ガークが寝息を立てているのが聞こえた。こっそりガークの水筒の中身の水を不思議水に変え、テントをギンに仕舞いティピーから顔を出すと、ユキとうどんがいたのでオーク肉を投げる。ちょうど野営の夜番をしていた領主の私兵が次の見張りと交代する時間のようだ。ガークが言うには、バッタ嵐の訪れは正午頃。夜中の間に相当数を討伐したので、その嵐も小規模のものだろうとガークは予想していた。

ユキはなぜか与えた肉を食べずに、私の近くまで移動して隣に座った。珍しい。

「あれ、ユキちゃん怪我したの？」

ユキの足に少しだけ血が付いていたので不思議水で治そうとしたが、怪我が見当たらない。誰の血？　ユキが悪い顔をして口からペッと何かを吐き出した物が飛んで、ティピーの外側に付いた。その何かを剥がし、即後悔する。

「人の耳だし」

最悪じゃん。ユキが謎のドヤ顔を披露する。ちょっと、まさかこんな場所で人を殺したんじゃないよね？　一応死体がないかティピー周りを確認する。死体はないけど、地面に少し血痕が残っており、ティピーに燃やしたような小さな穴ができていた。

「ユキちゃん、変な奴が来たん？」

「ヴゥー」

どうやら誰かが私かガークに危害を加えに来たようだ。ユキを撫で、礼を言う。犯人は誰か分からないけれど、こちらには証拠がある。

「千切(ちぎ)れた耳だけど……」

ガークも起きたようで、ティピーの裏にいる私を見つけ欠伸をしながら尋ねる。

「早いな。きちんと眠れたのか？　そこで、何をしている？」

「あー、これ見て」

ガークがティピーに開けられた穴を見ながら舌打ちをする。

「あ、クソ。誰だこんなことしやがったの」

ティピーは領主からの預かりものらしく、その間にできた損害については冒険者ギルドが補修費用を支払うことになるらしい。

「昨晩の仕業(しわざ)と思う」

「ああ、昨日確かめた時はなかったからな。盗み聞きしても俺のイビキしか聞こえなかっただろうが。まったく誰だ、見つけたら弁償させてやる」

「盗み聞きはしてたかも。一応、証拠はあるよ。ほら」

例の千切れた耳を見せると、ガークは目を凝らしながら耳を凝視した。

「人の耳か？」

「うん。そこに……落ちてた」

「堂々と嘘をつくな。耳だけ千切ってご丁寧（ていねい）に置いていくわけねぇだろ。どうせカエデのフェンリルの仕業だろ」

「まぁ、そうだけど。ユキちゃんは悪くないから」

「責めてはいない。お手柄だ」

ガークがこれで犯人が捜しやすくなると、ニヤリと笑う。

「耳いる？」

「いらん」

その後朝食を済ませると、領主の私兵が慌（あわ）ただしくなるのが聞こえた。ガークが領主の私兵を１人捕まえ事情を尋ねれば、バッタ嵐が予定より大幅に早く発生したという。

「規模はどれほどなのだ？」

「今までよりも大型ということしか情報はない。悪いが私も隊長と合流しなければならない」

「そうか、引き止めてすまなかった。情報を感謝する。俺たちもすぐに向かう」

「お互いの無事を祈る」

領主の私兵が慌ただしく去るのを見送り、ガークと顔を合わせ困惑する。昨晩のオハギの黒煙大暴れで相当数のバッタを討伐したはずだった。完全に駆除したとは言えないが、相当数を抹殺した自覚はある。会話を聞いていたオハギが100億2万3匹殺したと胸を張りながら言う。オハギ、わざわざ全部数えてたのか。まだ小規模の群れでそれだけダメージを与えたのに、前日よりも大規模なバッタ嵐が発生する？

「なんかおかしくね？」

「ああ。とにかくローカストが大量に発生したという場所へ向かうぞ」

「うん」

ユキに乗ろうとしたら、初めてうどんに後ろから掬われ背中に乗せられる。

「うどん、大丈夫？」

「キャウン」

うどんは全体的に以前よりもがっしりとしている。そうか、うどんも成長しているんだ。

「あ、おい！　こら、おい！」

騒ぐガークを見れば、ユキに背中のベルトを咥えられ宙吊りになっていた。歩き出したユキを止める。

「ユキちゃん、それで運ぶつもりなの？」

「ヴュー」

「それ完全にガークが地面に引きずられるじゃん」

「ウヴュー」

ユキがヤレヤレ仕方ないなというような顔でガークに背中を向け、乗れと首を振る。ガークは嫌な顔をしながら拒否をする。

「いや、俺は走っていけ——」

「グルル」

「分かった、分かった。乗るからそんなに威嚇するな」

ガークが無事にユキの背中に乗ると、初っ端からフルスピードで走り出した。あれ、絶対わざとだろうな。

「うどん。私たちも行くよ」

「キャオン」

◆◇◆◇◆

バッタパラダイス現場に到着して、すぐに白目になる。

「何これ、地獄じゃん」

いや、もう向かう途中でバッタ竜巻は遠くからでも肉眼でいくつか発生しているのは見えていたけど、実際に近場でどこを見てもバッタ竜巻だらけなのは精神的にきつい。

目の前には飛び交うバッタがまるで竜巻のように大きく円状になりながら、結構なスピードで前進している。バッタ、昨日のよりサイズ大きくね？　確認するために飛んできたバッタをスパキラ剣で斬って頭部を掴めば、バタバタと暴れ逃げていった。逃げた首なしバッタはそのまま他のバッタに引き千切られ喰い殺される。

「えぇぇ。あのバッタって頭部なくても動くものなん？」

「いや、そんなことはない……たまたまか？」

ガークも辺りにいたバッタを大量に大剣で微塵に斬り刻む。通常なら即死のダメージを受けているはずなのに、バッタたちは引き裂かれた身体で這いずりながら前へと進む。もう、ゾンビじゃん。

ゾンビバッタに呆然としながら立っていたら、飛んできたバッタが顔にしがみつく。ヒィィィ。やめて。

「しっかり前を見ろ」

ガークが素手で私の顔に付いたバッタを握り潰し、顔面に容赦なくバッタ汁スプラッシュをくらう。

「ぎゃぁぁ」

跳ね上がりながら叫び、タオルで顔に付いた汁をゴシゴシと拭く。生臭いって！　勘弁して！

「そんなに飛ぶとは思わなかった。すまん」

「もう、帰りたいんだけど」

「他の冒険者と合流して作戦を練るぞ」

「私の呟き、絶対聞こえたよね？」

「行くぞ」

何も聞こえなかったと言わんばかりにガークが他の集まった冒険者と合流する。くっ、ガークめ。

30人ほど集まった冒険者たちの中にはカイの姿も見える。ガークが領主の私兵と共に協力してバッタの進行を可能な限り、これ以上進まないように全力を注げと演説をする。作戦は風の魔法使いと土の魔法使いが竜巻の移動を妨害しながら、残りの冒険者はバッタを斬ったり燃やしたりして討伐するそうだ。これはここ数日全員が知っているルーティンの対処の仕方らしい。時間もなく切実な今、急に作戦を変えるのは厳しいのだろう。この場に残った冒険者はある程度の経験者が多いそうだ。新人や子供冒険者は野営地で待機しているとのことだ。

領主の私兵は60人ほどいて、既に統一した動きでバッタ竜巻に挑んでいた。双眼鏡を覗けば、風魔法で竜巻バッタの一部を誘導しながら土魔法で作った巨大壁で四方を囲んだあとに火魔法で燃やしていた。結構、効率よく進んでいるように見える。

「あ、嘘ついた」

領主の私兵が作った土壁がバッタ竜巻の勢いに負け、空中を舞う。同じ景色を目撃したガークが声をかけてくる。

「カエデ、お前は他の冒険者と統率なんて取れないだろ」

「なんか言い方が嫌だけど。まぁ、そうかも」

別に協力できないわけではない。私だってそれくらいできる、たぶん。でも、ガークは私のだと思っているオハギの魔法の話をしているのだろう。あれは、逆に他の冒険者がいても邪魔なだけだから。ため息をつき、ガークに宣言する。

「あの奥の竜巻を狙うから」

「ああ、頼んだぞ。俺も本気で行く」

スパキラ剣がカタカタと揺れ、ギンとオハギもやる気で楽しそうに肩と頭の上で踊る。なんで、みんなやる気なんだろう。私は全然やる気ではない、今すぐにでも帰りたい。銀級のタグを失わないために参加しているけど、もうここまでして銀級のタグ必要？　ユキを見れば同じ気持ちなのか氷の壁を作り、飛んでくるバッタ避けに使っている。

冒険者タグがないことで降りかかるだろう面倒事を考える……。再びため息をつき、ユキに手を振る。

「ユキちゃん、行くよ」

「ヴュー」

「お願い」

ユキがゆっくり立ち上がり背中を向ける。ありがとう、ユキちゃん。

ユキに跨り冒険者たちを見れば、カイと目が合ったので手を振ろうとしたら口元が動くのが見えた。

「あ ぶ な い 狙 わ れ て い る」

え？ どういうこと？ その直後、昨夜感じた殺気がした。今回は明確に誰から放たれているのか分かった。カイの隣にいる赤毛の男だ。

(何、あいつ)

昨日初めて見た男だし、なんであんなに殺気のこもった目を向けられているのか全く分かんないんだけど。大体、カイはなんであんな奴らと一緒にいるん？ なんだか妙にカイにも腹が立ってきた。ガークに話してからバッタ竜巻に挑もうと思ったけど、既に遠くで燃え上がる大剣を振り回しながら叫んでいた。何、あの火が出る剣……怖っ。

「ユキ、行くよ」

ガークはなんか戦闘狂みたいになっているので、殺気を放つ赤毛の男のことはとりあえず保留。コカトリス仮面を被り、一番奥のバッタ竜巻へと向かった。

3章　ゾンビ

――ガンガンバシングチョ
　走り始めてからずっと響き渡るコカトリス仮面にぶつかるバッタの音……幸い、身体はユキが前方に出した氷のシールド的なものでバッタ交通事故はだいぶ防がれている。でも、精神的なダメージでグサグサと気持ちが削がれる。

「バッタうるさいって！」

　奥のバッタ竜巻に近づくにつれ、自分の思考が定められないレベルでバッタが羽根を鳴らす騒音がする。少し離れたバッタの少ない場所へ到着すると、ユキが足を止める。少ないと言っても、そこら中にバッタはいる。ユキが氷柱で辺りにいたバッタを一斉に駆除、氷箱で私たちの回りを包むと辺りの騒音はだいぶん軽減した。助かった。

「これで少しは自分の考えていることが分かる。ありがとう、ユキちゃん」

　ユキとうどんがフェンリルドリルをすると、バッタの千切れた手足や羽根が飛んでくる。ぐへぇぇ、やめて。うどんが自分に付いたバッタを噛みながら遊ぼうとするのを止める。

「やめて、やめて、これゾンビバッタだからって、痛っ」

うどんから取り上げた頭だけのバッタに手を噛まれたので引き離すと勢いで赤黒い目が取れ、傷口から体内に入っていった。ぎょぇぇぇぇ。

「嘘でしょ！　ちょっと！」

急いで傷口から入った目を掻き出そうとしたけど、時既に遅し。え？　もしかしてゾンビコース？　しばらくソワソワと氷の箱の中をうろついたけど、何も起きなかった。

「これ、嫌な匂いがするの」

「臭いだえ～」

ギンとオハギが転がったもう一つの赤黒いバッタの目を見ながら、鼻を摘まみ言う。

「あ、もしかして昨日の赤黒い魔石も臭かったの？」

「あれも臭かったの！　でもこれはもっと臭いの！」

「もっと臭いだえ～」

「え？　もしかして私も臭い？」

今まで何度も赤い魔石を吸収してきた。自分の匂いを嗅ぐ。バッタ臭っ。

「カエデは大丈夫なの」

「カエデはいい匂いだえ～」

やはり赤い魔石と赤黒い魔石は別物のようだ。今までギンが赤い魔石を毛嫌いしたことはなかった。この赤黒い魔石は一体何？

「2人ともありがとう」

とりあえず不思議水をバッタの目から落ちた赤黒い魔石にかけると、昨夜と同じように小さな爆発音が聞こえボロボロと崩れていった。他の落ちているバッタを調べると、全てのバッタの目が赤黒い魔石だった。昨晩ガークが見せてくれた最初のバッタの目は緑色だった。これ、やばくね？

毛繕いを始めたユキはこの状況を相当嫌がっている。私も全身のあちこちがストレスから痒（かゆ）くなる。私とユキのメンタルのためにも、もうさっさとバッタを殺そう。全部燃やして殺そう。オハギの黒煙で燃えない魔石は、全部不思議水をかけよう。そうしよう。

「バッタと赤黒い魔石を撲滅（ぼくめつ）するぞ！」

変なテンションで拳を上げながら叫ぶと、ユキ以外の全員が賛同する。

「撲滅なの！」

「撲滅だえ〜」

「キャウン」

氷の箱に登り、双眼鏡で現在の状況を確認する。ガークがいるだろう付近に1つ燃え上がる竜巻が見える。あれはあれで危険じゃね？　バッタ竜巻を観察していると違和感を覚える。

「なんか竜巻が全部同じ方角に向かってない？」

気のせいではない。領主の私兵が分離して討伐に失敗したバッタ竜巻も方向転換をしながら、結局は他の竜巻と同じ方向へと向かっている。

「あの方角はロワーの街方面じゃん」

こんな都合よく統率されたように虫って動くものかな？　ゴキちゃんズが頭に浮かぶけど、あれは『一応』妖精の部類らしい。

「オハギ、狙いはあの奥の竜巻なんだけどできそう？」

「余裕じゃんなの！」

「うん。もう自重とかしなくていいから」

「自重？」

オハギがコテンと首を傾げる。ああ、この何も殺せないようなつぶらな瞳で今からまた何億ものバッタを殺すのかと思うと鳥肌が立つ……でもオハギは可愛い。プニプニとオハギの頬っぺたを掴み真顔になる。

「昨夜みたいに黒煙を抑えなくていいってこと」

「にょろにょろ蛇を出していいの？」

「うん、もう蛇でもなんでもいいよ。オハギが好きな形で」

「分かったなの！」

ユキに乗って目的のバッタ竜巻へと移動しようとしたが、刺すような視線を後ろから感じた。ユキやうどんも同じように気配を感じたようで、歯を見せながら唸り声を上げる。

「お客さんが来たね」

バッタ竜巻は全て徐々に速度を上げ、ロワーの街方面へと向かっている。こっちは今すんごい忙しくて客の相手なんかする時間はないんだけど。うん、無視しよう。コカトリス仮面を着け、ユキに跨り出発しようとすれば後方から怒鳴り声が聞こえた。

「おい！　こいつがどうなってもいいのか？」

木の後ろから蹴り出され地面に転がったのはカイだった。ニヤニヤとゆっくりそのあとに現れたのは、赤毛の冒険者とその愉快な仲間たち。なぜか数人に分かれゆっくり登場、ゆっくり歩く。動作が遅い！　カエデちゃん今忙しいから早く出てきて、早く用件を言え。

赤毛の男が転がって動かないカイを蹴り上げると鈍い音と呻き声がした。まだ生きているようでよかった。

赤毛の男を含む10人の冒険者たちが下品な顔をしてこちらをあざ笑う。こいつらは冒険者ってことでいいのかな、全員が以前見た賊とそっくりな表情なんだけど。仲間の1人は帽子を深く被っていたが、左耳から出血しているようで血が滲(にじ)んでいた。たぶん、あいつがガークのティピーに穴を空けた奴だろうな。

徐々に遠くなるバッタ竜巻を眺めていると、イラついたように赤毛の冒険者が怒鳴り声を上げた。

「おい！　聞いてるのか！」

「聞いてるって。で、脅しまで使ってなんの用なん？」

「お前に昨夜みたいに動かれると困るんだよ。俺たちに素直に捕まれ」

赤毛の男が紐を投げ、私に自らを拘束しろと命令する。

「え？　普通に嫌なんだけど」

「はっ。お前には死よりつらいことが待ってんだよ。お前は触れてはいけないお方を激怒させた」

「誰を？」

赤毛の男の返事を聞く前に、ゴゴゴという音と共に全てのバッタ竜巻が一体化を始め巨大な竜巻へと姿を変えた。更にスピードを上げたバッタ竜巻は段々と離れていく。あんな大きなバッタ竜巻、ガークたちは大丈夫なのだろうか。

「がはは。見ろよ。あそこまで大きくなったら銀級のお前でも阻止するのは無理だろうな」

高笑いする赤毛の冒険者たちとその仲間たちに呆れながら、ため息をつく。

「あれは、赤毛の仕業なん？」

「俺はシャークだ。名乗ったところで、てめぇには意味がないが——」

そう言って間を取りながら身だしなみを整えるサメ。なんの時間よ、これ。

「サ、サメ、時間がないからもっと早く喋って」

「サ、サメ？　俺はシャークだ。シャーク様だ」

「分かったから。早くしてって」

サメが咳払いをして両手を広げ、地面に転がったカイに足を乗せ偉そうに鼻を上げ言う。

「俺たちは『首残しのウルフ』の一員だ。どうだ、これで分かっただろ。お前は詰んでるんだよ」

サメが再び下品な高笑いをすれば、仲間たちも一緒に笑う。

首残しのウルフ……あれ、どこかで聞いたことある。ああ、以前賞金を金貨50枚もらったクイーンイルゼの兄の盗賊団の名前じゃん。

「盗賊かよ」

「ただの盗賊ではない。高名なマルクス様の率いる影の支配者だ」

「……ああ、そうなんだ」

なんだかどうでもよくなってきた。カイは地面に転がったまま、なんだか顔色が悪いようだけど助けるかどうか迷う。知り合いではあるけど、なんで何回も同じ間違いを繰り返すのだろうかとも呆れている。さて、この状況どうしようかな。イルゼ関係の盗賊団ってろくなのじゃないんだろうしな。サメがカイの腹を蹴り上げ叫ぶ。

「こいつを殺されたくなければ、てめぇは大人しくしていろ。てめぇにはイルゼ様を殺した罪でマルクス様の元へ連行する」

あ、それバレてたんだ。カイが言ったたん？　オハギとギンがピクッと動き、私の後ろに隠れる。

「あの人族、臭いのを持ってるの！」

「赤黒い魔石のこと？」

「臭うだえ～」

どうやら、サメたちがバッタ竜巻やバッタの目が赤黒い魔石に変わった原因に関わりがあるようだ。

「何をブツブツ1人で言ってやがる！　お前ら、さっさとフェンリルを仕留めろ」

盗賊冒険者がユキたちに矢を放つが、余裕で避けられる。飛んできた流れ矢が足元の近くに刺さる。

「危ないし！」

地面に突き刺さった矢には尖らせた赤黒い魔石が付いていた。こいつら本気か？　こんなものをユキとうどんに向けて放ったん？　矢を地面から引き抜き、サメを睨みつける。

「はっ。お前のような従魔使いは従魔さえ死ねば、ただの弱い人間なんだよ」

は？　なんの話よ？　ユキとうどんは別に私の従魔ではない。サメがこちらの聞いていないことまでよく回る舌でまくし立てる。やっと終わったサメの話を要約すると、カイからの情報で私は魔法の使えない従魔使いと思っているらしい。まぁ、マジカルパワーゼロなのは事実だけど、別に魔法のような攻撃をできないわけではない。倒れているカイを見れば、ほんの少し口角が上がっていた。

「ほら、カイ。お友達に謝れよ。女のためにお前の情報を売りましたって」

サメに髪を掴まれ跪いたままのカイと目が合う。

「カ、カエデ。ごめん。ま、魔法が全然何も使えないことを言ってしまって……」

どうやらカイは私のことを真実と嘘を混ぜて賊冒険者たちに伝えたようだ。再び殴られ地面に倒れたカイを眺め、心の中で舌打ちをする。

(カイを助けないといけなくなったじゃん)

「女って誰？」

「あ？　ああ、あの女も悪女だよな。アリアだっけ？　カイ、知ってたか？　あの女、マルクス様の情婦になってお前を売ったんだぜ。金で」

カイが悔しそうに土を握る。アリアにいい印象はないし驚きもないが、どうやら私がイルゼを討伐した話はアリアがマルクスに漏らしたようだ。マルクスとアリアを今後の殺害リストに加え、バッタ竜巻の確認をする。

バッタ竜巻はまだ肉眼で見える位置だが、双眼鏡を急いで覗くとティピーが巻き込まれ宙に舞い破壊されていくのが見えた。もうあんなところまでバッタ竜巻が進んだのか、やばいな。

「オハギ、うどんとユキと一緒に竜巻を倒してきてくれる？」

「カエデはどうするの？」

「こいつらの相手をしてから合流するから」

賊冒険者の相手をしている間にあのスピードで移動する竜巻に農作地や村がこれ以上巻き込まれたら、この依頼を受けた意味がなくなる。仕事は受けたからにはちゃんとする予定ではいる。それにたぶん……これを止められるのはオハギだけだろうし。でも、能天気オハギだけを1人で向かわせるのは心配なんだよね。オハギを見れば、自分の揺れる尻尾を叩いていた。うん、すんごい心配だ。ユキがいれば、まだマシな気がする。それに……ないとは思うけど、ユキとうどんにもしもこの矢の赤黒い魔石が刺さってしまうことがあったとしたら嫌だ。ゾンビユキちゃんと戦っても負ける未来しか想像できない。絶対、カエデゲームオーバーだ。オハギと共にバッタ竜巻の方角へ向かわせるのがベストだと思う。

「オハギがこいつら焼くの！」

「ありがとう。でも、こいつらには他に聞きたいことがあるから」

「ギンはカエデといるだえ～」

ギンがギュッと肩に抱き着く。うんうん。ギンちゃんは一緒にこいつらの退治をしようね。

「恐怖で頭がおかしくなったのか！　さっきから1人で何をしゃべってやがる！」

「グルル」

ユキが低い声で唸ると、耳ナシの賊冒険者が棒に付いた赤黒い魔石を見せながら後ずさりをする。

「そ、そんな従魔なんか、これがあれば敵じゃねぇんだよ」

「あ？　ユキちゃんを脅してんの？　これ、返すよ」

ギンから受け取った耳の一部を投げたが、軽さのあまりヒラヒラと宙を舞い、賊冒険者には届かずに地面へ落ちて即バッタに食われた。あれ？　なんか、賊冒険者に耳を投げつけてショックを与えてやろうと考えていたイメージとは違うけど……耳ナシ賊冒険者は以前自分の一部だった身体をバッタに食われてそれなりのダメージを食らったようで呆然とその光景を見つめ、急に叫び出す。

「この男女が！」

「は？」

「は、はは。乳も膨れない奴なんて女じゃないだろ。カイに聞いたぜ。お前、28なんだってな。15の少年の間違いだろ」

がははと全員が声を合わせ笑う。無表情で賊冒険者たちを眺める。

（柿の話をしやがって）

こいつらは冒険者ではない。賊なのだ。ユキたちをゾンビにしようとしているし、たぶんこのバッタ蔓延にも関わっている。遠慮なんかいらない。殺す。

「――ていいよ」

「あ？　なんて言ってんのか聞こえねぇんだよ。乳ナシ女が」

「オハギ、赤毛と地面に転がる人間以外、全員燃やしていいよ」

「分かったの！」

オハギからモヤモヤと禍々しい黒煙が辺りに漏れ充満し始めると、賊冒険者たちは息を呑んだ。黒煙はやがてすぐに1匹の黒い可愛いらしい角兎に形を変えた。ちょこんと座る小さな角兎を見たサメが笑い出す。それに賛同するかのように、黒煙に目を見開いていた賊冒険者たちも安堵の表情を浮かべながら笑う。

「弱小の角兎の従魔かよ。なんだよ、それ。驚かせるんじゃねぇよ」

サメの言葉に返事はしない。というか危機感がなさ過ぎじゃね？　この賊冒険者たち、昨日の黒煙ショーを見なかったん？　あの黒煙の威力を知っているからこそ、あんな可愛らしい兎だって恐ろしい。だって、絶対ただの角兎のはずないから。

オハギが楽しそうに尻尾を振りながら数え始める。

「いーっぴき、にーひき、よーんひき——じゅうろっぴき——にひゃくごじゅうろくひき——」

初めは1匹だった黒煙の角兎は分離しながら瞬く間に倍増して膨れ上がった。16匹辺りで笑っていた賊冒険者から笑顔が消え、256匹になる頃には完全に恐怖へと変わっていた。私も鳥肌立つくらい恐怖を感じている。角兎も数匹なから可愛いけど、これ、もうホラーじゃん。どこを見てもうさちゃんズ……しかも、ちゃんとそれぞれ別個体のようで動きが違う。

まだ数を数えているオハギに視線を移せば、自分の手を見ながら悩んでいた。

「あれ？　次はごひゃくに？　ん？　ろっぴゃくさん？」

そんな大きな数をオハギの肉球プニプニおててで数えられないって。オハギは掛け算が苦手のようで首を振りながら角兎を数え直し始めた。その間もポコポコと兎が分離しながら増え地面を埋め尽くしていく。

「オハギ、もう時間ないからよろしく」

「分かったの！」

動いていた黒煙角兎が全てピタリと止まり、視線を賊冒険者たちに向ける。カチカチと歯が鳴るような音が黒煙角兎から聞こえると、千匹近くいるだろう黒煙角兎が一斉にカイとサメ以外の賊冒険者たちへと襲いかかった。逃げようと賊冒険者が走り出したが、それは全くの無駄な抵抗ですぐに追いつかれると次々に黒煙角兎に全身を噛み付かれる。

「や、やめろぉぉ」

「あああ、あああ、助けてくれ！」

黒煙角兎に噛み付かれる度に皮膚が干からびた老人のようになる賊冒険者たちから、絞り出すような叫び声が響く。黒煙角兎は単体では小柄で口も小さい。何百匹と襲いかかっていても、見てる方からもこのちびちび食い殺される時間はすごく長く感じた。賊冒険者の水気を失った手足が丸くなり始めると叫び声が徐々に消えていった。あー、えぐいえぐい。えぐいって！

「終わったの！」

オハギがやり切った顔で告げると、黒煙の角兎たちは土の中へと消え、残ったのは転がったミイラ状になった遺体だけだった。丸まった手足と大口を開けて苦しむ表情のままミイラになった賊冒険者たちが風に吹かれズルズルと地面を引きずられ、それはまるで西洋劇の回転草(タンブルウィード)のように転がっていく。オハギが褒めてほしそうにキラキラした目を向けてきたので、とりあえず撫でるけど……私の思っていた『燃やす』とちょっと違うからね、オハギ。確かに自重するなとは言ったけど……。

サメが回転草を見ながら恐怖で目を見開き、唾を飛ばしながら叫ぶ。

「ば、化け物！　お、お前も魔人だったのか！」

「は？　魔人？」

魔族じゃなくて？　魔人と魔族の違いが分からない。サメに尋ねようとしたけど、何かブツブツと言い始めた。何を言っているのか分からなかったので、オハギにバッタ竜巻に向かうようにお願いする。

「オハギ、ユキ、うどん……気を付けて。ガークのことお願い」

「ヴュー」

「行ってくるの！」

「キャウン」

オハギと2匹が去る姿を見ながら、ため息をつく。ガークには完全に情が湧いている。それに、ガークに何かあったらガークの妻や子供たちが悲しんでしまう。それは――すごく嫌じゃん。

そろそろサメのパニックも終了したかと確かめれば、カイの首にナイフを立てながら辺りをギョロギョロと確かめていた。

「おい！　フェ、フェンリルはどこに行った？」

「あそこだけど」

もう遠く小さくなったユキたちを指差すと、困惑の表情から焦りに変わったサメがナイフを持つ手に力を入れ、カイの首から一筋の血が流れる。

「クソッ、フェンリルが強いだけって話だったじゃねぇか。黒煙もどうせ魔道具だろうって——あんなの魔道具じゃねぇ。魔人じゃねぇか。クソックソッ」

「その魔人って何？」

「お前のことだよ！　黒煙の魔人が！」

「えぇぇ」

魔人じゃないし。やめて。黒煙魔人のカエデとかいう黒歴史二つ名が登場しそうじゃん。

「カイ、せいぜい俺の時間稼ぎになれよ」

「ちょっと！」

サメが尖った大きめの赤黒い魔石を振り上げ、そのままカイの肩に刺す。止めようとしたが、一瞬のことで間に合わなかった。赤黒い魔石は肩の傷口から半分ほど中へ食い込むと、カイが苦しみながら肩を押さえる。

「がぁぁぁ」

カイが首や肩を掻きむしり始めると、乱れた服から見えた肌には黒い血筋が肩から首へと伸びていた。サメが詠唱を唱えると数個の小さい火の玉がカイと私の周りに現れ、円状の炎が燃え上がった。

「は、ははは。悪く思うなよ」

「カイに何したん？」

「はっ。すぐに分かるさ。魔人のお前でもさすがに知り合いを殺すのは躊躇するだろうからな。ゆっくりこいつが精神を食われるのでも見ていればいい。手土産にこれでもくらえ、魔人が」

サメがまた詠唱を始めると、足元も覚束ないカイも唱え始める。

「か、風の力我に鋭く切る刃を。【ウィンドカッター】」

「炎の力よ我に強い灯を。【ファイアーボール】」

風の刃と火の玉が上空でぶつかり爆発すると、カイが膝から崩れ落ちた。

「カイ！　大丈夫！」

「そいつはもう長くはもたないだろうな」

サメはニヤッと笑うと、すぐに逃げ出した。

「あ！　逃げんなって！」

サメを追いかけようとしたが、カイの獣のような咆哮（ほうこう）の声で足を止めた。何、この悪寒（おかん）。

「カイ？」

「ああああがが。カ、カエデ。ごめ、ごめん」

呻きながら血走った眼にはまだカイの意思が見えるけど、そう長くはもたなそうだ。ひとまずこの肩から飛び出している魔石を抜くか。赤よりも黒に近い魔石を触るのを躊躇したけどグッと力を入れ、魔石をカイの肩から抜き出す。

「えぇぇ。半分しか抜けてないじゃん！」

「臭いだえ〜」

半分に折れた魔石が手の中で怪我もしていないのに回りながら肉を抉ろうとする。何、このデンジャラスな石は！　急いで地面に投げ捨て不思議水をかけるが、他の赤黒い魔石のようにすぐには半透明にならない。

「ギンちゃん、一斗缶出して！」

「だえ！」

トングで赤黒い魔石を挟み不思議水で満たした一斗缶にぶち込むと、不思議水が濁り赤紫の煙が上がる。一斗缶から摘まみ上げた魔石は半透明な物に変わっていた。今はこれが何かを考える暇はない。カイに駆け寄り不思議水を肩の傷口にかける。何度もかける。

「ギンちゃん、どう？」

「まだ臭いだえ〜」

カイの中に入った魔石をナイフで抉りながら探す。

「があああ」

カイが叫ぶ度に血が溢れ、魔石がどこにあるか分からない。黒い血筋はカイの顔の位置まで上り始めていた。スパキラ剣がカタカタと動く。

「やめて。カイは斬らないから」

そうスパキラ剣に言い付け叩いたが、ガタガタと反発するように動き、剣先を逃げるサメへと向けた。

「え？　投げろってこと？」

サメの位置を確認する。まだ肉眼で見える位置だけど……結構遠くまで逃げている。無理じゃね？

言い聞かせるようにスパキラ剣を宥めたけど、ダメだ。すんごいやる気。

「スパキラ剣、あの距離いけるん？　かなり遠いよ」

スパキラ剣は返事をするかのように輝きを増すと徐々に熱くなった。分かったから、熱々になるのやめて。スパキラ剣を鞘から出し、槍のように持ち上げ構える。一体、私は何をしているん。苦笑いをしてスパキラ剣を見上げる。

「じゃあ、いくよ」

半信半疑で力の限りにサメへ向けスパキラ剣を投げる。手から離れたスパキラ剣はミサイルのようにターゲットへ向けぐんぐんと高速で距離を詰め、サメの太ももを貫いた。

「すごっ。本当に当たったたし」

遠目でサメがスパキラ剣を抜こうとしているのが見えるが、どうやら無理っぽい。思わず、ざま見ろと笑う。

「カエデ！」

慌てるギンの声とビリビリが炸裂するのと同時に、背後からカイにタックルされ吹き飛ばされる。地面に側面から着地、ギンのビリビリのおかげかダメージは少ないけれど、コロコロと転がりながらバッタを轢いた。

「いやぁぁ。嘘でしょぉぉ」

数メートル転がり、止まる。身体は痛くないので怪我はしていない。でも……全身、バッタ汁まみれじゃん！　もう最悪じゃん。ずっとグロの時間なんだけど、なんで？

「ん？　何これ？」

口に感じた異物を取れば、バッタの足の一部だった。もう、やだぁ！

ブツブツと文句を言いながら立ち上がりカイを確認すれば、地面に視線を落として立ち尽くしていた。普通に怖いって！　恐る恐る近づき声をかける。

「カ、カイ？」

カイがカクカクと動きながら上げた顔には、目元まで到達した黒い血管が見えた。急いで肩の傷に不思議水をかけると、カイと目が合う。

「カ、カエデ？　ダメだ。抑えられない。カエ……逃げテ……ニゲロ」

「カイ！　今助け──」

「があああ」

涎をまき散らしながら叫び出したカイが再び猛スピードで突っ込んでくる。やばいやばい。

カイがぶつかる寸前で横へ転がりギリギリで避ける。

「危なっ」

「があぁ、ががが」

カイが左右を何度も確認しながら焦点の合っていない目で私を探し始めたけど……普通に見逃せないくらい目の前にいるんだけど。

（ん？　もしかして目が見えていない？）

足元にいたバッタを掴み遠くへ投げると、カイがそれを獣のように追いかけて──

「食べてるし……」

カイはお食事タイムが終了すると、再び身体を左右にカクカク揺らしながら私を探し始めた。

あれゾンビじゃん。

まだ、あの身体の中にカイの精神はあるん？　これ、カイは既に死んでるんじゃ？　バッタが飛び跳ね音を立てる度にそれを追いかけて食う作業を繰り返すカイは完全にゾンビだ。あの魔石、恐怖でしかない。私だって赤黒い魔石を吸い込んだのになんで平気なん？　魔石の量の問題？　まず、赤い魔石と赤黒い魔石の違いが分からない。今分かるのは赤黒い魔石はゾンビを生産することくらい。這いつくばりながらバッタを口に掻き込むカイを見下ろし、目を瞑(つむ)る。

もうカイが存在しないのなら道は一つだ。


――カエデ、後悔がないような人生を歩むんだぞ

なんでここに来て、父親が酔っぱらった時にドヤ顔で言ったセリフを思い出す？　ああ、もう！

最終判断まで、カイを助けられるなら可能な限りできることは全部やるか。

(カイめ、今回のことが終了したら覚えておけよ)

音を立てなければカイは私の存在に気付かないけど、それじゃごっちも何もできない。まず、拘束して肩の中にあるだろう魔石を抜くか？　でも、バッタが動く度に反応しては食いちぎる

カイに近づきたくない。お食事にされるのは勘弁してほしい。ギンに相談したいけど、声を出せばカイが襲ってきそう。どうしよう。

【だえ～】

頭の中にギンの声が響く。

（え？　ギンちゃん？）

【ギンだえ～】

肩にいるギンが手を上げながら答えた。

（ギンちゃん！　ついに思念を使えるようになったんだね。偉い偉い）

【偉いだえ～】

うんうん。タイミングもばっちりでありがたい。ギンを撫でながら解決法を尋ねる。

【肩を切り落とすだえ～】

ガクッと項垂（うなだ）れる。この辺の思考はベニとそっくりだ。

（できれば、カイが死なない選択でお願い）

現時点でカイの生存は定かではないけど……たぶん、肩を切り落としたら確実に死ぬから。

それに、スパキラ剣はサメの足に刺さっていて手元にはない。風魔法の杖を使ってもいいけど、高い確率でカイを真っ二つにしそう。

【一斗缶だえ～】

一斗缶？　ああ、魔石と同じように不思議水に沈めるってこと？　一斗缶では無理だけど、別のやり方でカイを不思議水に沈めることはできるじゃん！

（ギンちゃん、さすがだね）

【だえ～】

そうと決まれば話は早い。

目の前に土の魔石で大きめの落とし穴を掘る。この大きさならカイもすっぽりだね。もう、落とし穴のプロじゃん。

落とし穴の前に仁王立ちして大声で叫ぶ。

「カイ！」

「ぐがあああ」

「石バンバン」

猛スピードで走ってきたカイを減速させるために、両足目がけて土の魔石で攻撃をする。狙い通り両足にヒットしたにもかかわらず、痛覚が麻痺しているのかカイはそのまま突っ込んでくる。ちょっ！　落とし穴を飛び越える勢いじゃん！　ヤバイヤバイ！

「ビリビリだえ！」

すんでのところで炸裂したギンのビリビリに救われる。ギンのビリビリは以前よりも強力で、カイはスイッチが切れたように落とし穴に垂直に落ちていった。これが成長か。ギンちゃん、すごい。ギンに礼を言うと落とし穴の中を指差しながらギンが飛び跳ねる。

「カエデ、水、水」

「ギンちゃん、棒を出して」

落とし穴の中から這い上がろうとするカイを壊れた鍬の棒で叩き落とし、不思議水を大量にかける。この水圧なら這い上がってくることはできない、はず。

「ぐわあああああ」

赤紫の靄（もや）が落とし穴の中で充満し始めると、カイが苦しそうに声を上げる。不思議水が効いているのだと思いたい。

「あ、登ってこないでって。大人しく穴に入ってろ！」

カイが落とし穴から這い上がろうとする度に容赦なく棒の先で激しく突き落とす。これさ、傍から見たら完全に事件じゃん。もろに犯行現場だし。そのうち力を失くしたのか、カイが落とし穴の底で不思議水に浸かりながら蹲り動かなくなった。靄はまだ身体から出ているようだけど、生きているかも判断できない。

「ギンちゃん、どう？」

「まだ臭いだえ～」

「ええ、まだ？」

一旦、不思議水を止め、動かないカイにバッタを投げつけてみる。お！　動いた動いた。

カイはバッタには気が付いているみたいだけど、食べようとはしない。前進じゃん。獣のような唸り声も聞こえない。この調子でいけるんじゃね？　うん。肩の傷口に不思議水を水圧シャワーのようにかけると魔石が飛び出して地面に落ちるのが見えた。

「おおお」

思わず声が出てしまう。赤黒い魔石は溜まっていた不思議水に呑まれると煙を出し、その色を失った。カイはまだ蹲っているけど、息はしている。生きている、たぶん。

「もう大丈夫だえ～」

ギンはもう臭わないと言うけれど、半信半疑でカイの頭を棒で突いてみる。

「カイ、生きてる？」

「う、う……カ、カエデ？　俺はここで何を？」

ちゃんとカイだ……穴の底からこちらを見上げるカイに安堵のため息をつく。よかった。

「説明はあとでするから、そこから自力で出られそう？」

「は、はい。いや、立つのも厳しそうだ」

土の魔石で落とし穴に階段を作り、カイが起き上がるのを手伝う。

「重っ」

「ごめん」

「謝ってばっかじゃん」

「ごめん……」

落とし穴から無事脱出する。色の落ちた魔石も回収、落とし穴を埋める。カイの肩の傷はまだ痛々しいけど、石バンバンで付けた足の傷などは不思議水のおかげかずいぶん小さくなっていた。

体力はだいぶ削がれたようだけど、それ以外は大丈夫そうだ。

「今は時間がないから説明はあとでする。悪いけど、ここに置いていくから」

「ああ、俺は足手まといになるだけだ」

本人も分かっているように邪魔になるだけだ。バッタもずいぶん移動したようだし、この辺に置いていっても問題はなさそう。

「あの辺の木陰までなら連れていってあげるから、そこまで動いて」

近くにあった木陰までカイを移動、重い重い。息を整え辺りにいるバッタを殲滅する。

「何から何までごめん」

「……あいつらが盗賊って知ってたの？」

「初めは知らなかった。途中からおかしいって」

カイがボソボソと話し始めたのは、この1年、仲間をあのように強烈な暴力で失ったアリアが酒やよく分からない薬におぼれ始めたという。そのうち、あの冒険者に擬装していた盗賊団と関わりを持ち始めたという話だった。アリアを助けようとカイもサメたちの下っ端としてつるむようになったという、クソどうでもいい話。

「カイはアリアのなんなん？」

「その、友達……」

呆れて白目を剥く。お友達って……カイ、バカなん？　せめて彼女とかセフレとかまだ分かるけど、中途半端なお友達ポジションで利用されるって……。

「カイ……アリアはもうダメ。やめな」

「アリアも――」

「庇うな！　今の自分を見ろ！　さっきみたいにカイを殺すかどうか、私に考えさせんな！」

「ごめん……」

「謝んな！」

無言になったカイの前に食べ物と不思議水を置く。これなら1日くらいここにいても大丈夫だよね？

「あ、ありがとう」

「ん。終わったら迎えに来るから。もしその前に自分で移動できそうだったら、この木に伝言を残して。無理はしないで」

カイが返事すると、すぐにその場を去る。今はこれ以上一緒にいたらイライラゲージがマックスになりそうだ。ギンに頭を撫でられる。

「ギンちゃん、ありがとう。もう大丈夫だよ」

「カエデ～、コレコレ」

「ん？　何、これ。え？」

ギンから胞子が漏れ出し、私の全身を包んだ。やり切った顔をするギンだが、今のは一体何？　ねぇ？

「カエデが元気になるだえ～」

「う、うん。ありがとう」

ギンが何をしたのか分からないけど、なんとなく身体が軽くなった気がした。

双眼鏡でサメの位置を確認、まだスパキラ剣は刺さったままだ。動いていないけど、あれって生きてる？　とりあえず、走り出す。

走りながら、違和感を覚える。私、こんなに速く走れた？　走りながら辺りを見回せばバッタがずいぶんと共食いを行ったようで結構死骸が多い。グロテスクだけど互いに殺し合う分には問題ない。

倒れているサメが近くに見え始めたので、スピードを緩め歩く。かなりのスピードで走ったけれど、全く疲れていない。それどころかランニングがいつもより軽やかでとても楽だ。もしかして、ギンの胞子パワーのおかげ？　ずっと走れそう。

「ギンちゃんのおかげで身体が軽いの？」

「パワーだえ～」

「パワーって……」

楽なのは助かるけど、これ副作用はないよね？　ないと言ってほしい。ギンに尋ねたけど、パワーとしか言わない。くっ。

サメの倒れている場所まで到着するとスパキラ剣がキラキラと光ってアピールしたので、手を振り労う。

「スパキラ剣、お疲れ」

サメは倒れたまま全く動かず、地面には足から流れた血が広がっていた。確かに血は失っているけど、そんなに多い量ではない。これ、本当に気を失ってる？　怪しい。

「サメ、聞きたいことがあるんだけど」

返事なく倒れたままのサメを棒の先で突くと、ピクッと動く。あ、これ、絶対狸寝入り（たぬきねいり）じゃん。

「おーい、おーい、おーい」

何度かサメを棒で突いたけど、狸寝入りを貫くつもりらしい。煌（きら）めいたスパキラ剣を見ながら口角を上げる。

「スパキラ剣、よろしく」

足を貫いたままスパキラ剣が時計の針のように少しずつ右に動き始めると、サメの叫び声が野に響く。

「やめてくれ！」

「なんだ、やっぱ起きてんじゃん。聞きたいことがあるんだけど」

苦しむサメの注意を引くために何度か棒でツンツンすると棒を払われる。

「お前、なんなんだよ。もういいだろ、やめてくれ」

「いや、まだ何も聞いてないし。これなんだけど、これ何？」

今は色の落ちた赤黒い魔石をサメに見せると、一瞥してすぐに視線を逸らした。

「そんなのは知らねぇ」

「えぇぇ。これ、サメがカイに刺した魔石なんだけど。ちなみにカイはちゃんと生きてるから」

サメが目を見開き、恐怖の入り混じった顔で私を見る。

「は？　いや、あれは……そんな色じゃ。あれをカイの中から取っただと？」

「ああ、色ね。うん、なんか落ちたんだよね」

「あれを浄化したのか？　いや、吸い込んだのか」

浄化……？　確かに不思議水で綺麗にしたけど。それより気になる吸い込むというワード。

「吸い込んだってなんの話？　これが吸い込まれたらカイみたいになるん？」

「魔人め、これでも食ってろ」

「あ、ちょっと！」

サメが投げた物を急いで避けたが、足を掠ってしまう。ギンもビリビリを出したようだけど、
余りに一瞬のことだった。不思議水をかけて治療しようと足を確認すれば、赤黒い魔石が身体に侵入中なのが見えた。

「ぎょええ。なんてもん投げるん！」

「足を切るだえ！」

「やめて！」

急いで身体に侵入しようとする赤黒い魔石を握り、太ももから引き抜くと血しぶきが飛び激痛が全身を走った。あー、めちゃくちゃ痛い！

「危ないし、痛いし。もう、これなんなん？」

赤黒い魔石を地面に投げ、責めるようにサメを見下ろす。これは許さないから。不思議水で足の傷が癒えていくのを見たサメが逃げようとするが、スパキラ剣はビクともしない。

「俺に近づくな！　魔人」

「大袈裟な。一歩近づいただけじゃん」

「クソ魔人が！」

さっきから魔人魔人って失礼じゃね？　もう、痛めつけてでもこの赤黒い魔石のことを聞き出そう。サメと距離を縮めれば、口が動くのが見えた。あ、魔法を使おうとしてるじゃん！

「石バンバン」

土の魔石で両腕を貫き、詠唱を中断させる。叫び声も出さずにダランと腕を地面に落としたサメは、タガが外れたように笑うと急に真顔になり言う。

「お前たち魔人同士で殺し合いでもしろ」

鈍い音がすると、サメが盛大に血を吐き出した。

「えぇぇ」

急いで不思議水を飲ませようとしたが、サメに抵抗される。口をこじ開け不思議水を流し込んだが、間に合わなかった。ちょっと、何も聞き出せていないんだけど！

自分から襲ってきたくせに自死って何？　勝手に現れて、邪魔して、カイを殺そうとして、自死……身勝手過ぎる。

サメの口の中を調べると、崩れた一つの銀歯から緑の液体が漏れていた。毒？

「あー、失敗した」

もう少し上手く事を運べたはず……でも、後悔してもどうしようもない。スパキラ剣をサメの足から抜き綺麗にしながら誉めると、カタカタと嬉しそうに揺れる。

サメの血が溢れる見開いた目をタオルで閉じ、手を合わせる。カイにあんなことを平気でする奴を生かすつもりは正直なかったけど、この死に方は胸糞が悪い。他に赤黒い魔石を隠し持っていないかと身体を調べれば、小さな木箱が出てきた。これ、知ってる。以前オスカーの持っていた収納の魔道具だ。

「これ、どうやって中身を取り出すんだろう」

魔道具に物を入れたことはあるけど、取り出したことはない。

「カエデにはギンがいるだえ〜」

「うんうん。ギンちゃんが一番だよ」

ギンが木箱にやきもちを焼くのが可愛い。

そっと箱を開け、中を確認する。木箱の中もオスカーの収納の魔道具と同じようにただの木箱だ。うーん。裏返して揺らしてみるが何も出てはこない。木箱に石ころを入れればスッと消えていった。うーん。収納の魔道具で間違いはなさそうだ。お宝が入っていればラッキーだね。赤黒い魔石が入っている可能性もあるけど……。

「手を入れてみるか。お宝だといいな」

「だえ～？」

恐る恐る指を木箱に挿入するとスッと中に入って見えなくなった。すぐに一度指を出して安否を確認してみるが大丈夫そう。もう一度指をゆっくり入れると徐々に中へと進み、腕の半分の位置まで入った。特に痛みとかはないけど、箱の中はなんだかサラサラとした不思議な感覚がする。

「これ、まだ腕入るし……すごいマジカルボックスなんだけど」

肘まで入ると手が何かに当たった。何、これ？　フワフワな動物の毛皮？　大きな絨毯だったらユキたちのベッドにできそう。毛を掴み引き上げ、即座に木箱から現れたものに悲鳴を上げ、急いで手を離す。

「ぎゃああ、人だし！」

もう、勘弁してって！　心臓に悪すぎる。

誰よ、これ。ツンツンと男の頭を棒で突くが、反応はナシ。首には乾いた血が付着しており、どうやら刺されて既に亡くなっているようだった。この収納の魔道具には、ギンの収納のように時間を止める機能はないのか、遺体は状態から最低1日は時間が経っていると思う。死体の経過時間が分かるとか、暗殺者みたいなスキルいらないって！

「これ、引き抜くしかないよね」

小箱からダラリと出た上半身裸の男を引き抜く。出てきたのは眉から鼻にかけて大きな古傷が付いている、下半身の下着以外は裸の男。手を合わせサメの横に並べ小箱に手を突っ込むと、新たな別の男の遺体が出てきた。こちらはものすごく拷問されたかのように全身にひどい傷があり、顔も認識できないレベルだった。死後数日は過ぎていると思う。腐臭のする遺体にさすがに耐えられず、胃の内容物をぶちまける。即座に辺りにいたバッタが吐しゃ物を食い始め、更に吐いてしまう。

「きついって！」

まさか、これ遺体収納箱じゃないよね？　お宝は？　もう一度手を入れれば、今度は武器や食べ物に金品が出てきた。まぁまぁな量でニヤッと口角が上がる。これで木箱の内容物は全部かと思えば、最後に数人の姿絵が描かれた紙が出てきた。その一つに見知った顔を発見する。

「あ、フェルナンドじゃん」

姿絵の一人にはバツの印が付いていた。サメたちから狙われているターゲットの姿絵？　フェルナンドもだけど、姿絵の他の人たちもそれなりの地位がありそうな威厳のある顔をしているように見える。

「サメ、もしかして賞金首かも」

「首、切るだえ？」

スパキラ剣もカタカタと動く。やめて。収納が可能なのにわざわざ首を斬り落とす必要はない。それはサイコパスがやることだ。私はそうでは――決してそうではない！

「ギンちゃん、食べ物以外を収納できる？」

「収納するだえ～」

木箱以外がスッと消えていく。ギンは木箱を嫌だと拒否、収納してくれなかった。

「ギンちゃん……そこまで嫉妬しなくていいのに」

「嫌だえ～」

苦笑いしながら木箱をバックパックに入れ、食べ物は全て穴に埋める。さすがの私も出所不明の食べ物を食べるのは嫌だ。何が入っているか分からないし。

「オハギたちに合流するか」

「だえ〜」

双眼鏡でオハギたちの向かった方向を確認する。バッタ竜巻は見えるけど、かなり遠い。

ユキたちもいないしランニングかぁ……しんどい。

「カエデ、カエデ、見てだえ〜」

「ギンちゃん、またキノコを作ったの？」

ギンちゃん……カラフルなキノコを誇らしげに見せるのはいいんだけど、私の肩の上に生やすのはやめて。

走る、走る、そして走る。アスリート並みの速さでカエデが通る。
「どけ、バッタども！」
通り道にいるバッタたちを蹴り上げ、不思議水を飲みながら風を切る。身体は異常に軽い。アドレナリンとかで説明できないくらい身体がおかしい。走りながら空中で一回転、着地は10点満点。感覚は鋭く、辺りにいるバッタ1匹1匹の居場所を把握できている。あー、まさか人間やめてないよね、これ。私は全然人間のつもりだけど……。

「ギンちゃん、私はまだ人間だよね？」

「人間……だえ～」

ちょっ。今の間は何？　ギンちゃん！

ギンの胞子のおかげなのか分からないけれど、これならば想定してたよりも短時間でオハギたちと合流できるかもしれない。しばらくすると、領主の私兵が見えるが、様子がおかしい。双眼鏡で確認すると数人がゾンビ化していた。

「最悪じゃん」

領主の私兵が抑えているゾンビ化した人を双眼鏡で確認すれば、間違えてドアップで見てしまう。アップで巻き散らかされる鼻水と涎がグロいって……でも、よく見ればカイのように黒い血管は見当たらないし、動きも遅い。カイとは違い初心者ゾンビのようだ。

そんな動きの遅いゾンビでも力は強い。私兵の盾を奪い、そのまま2つに折る。

「なにあれ、怪力過ぎじゃね？」

「臭うだえ～」

「この位置からでも臭い？　やっぱりあの赤黒い魔石が原因ってことだよね」

あんなのが野に放たれたらすごい迷惑なんだけど……日本への帰還の仕方を探すどころでは

なくなる。ゾンビの制御に当たる中心人物の黒髪のツーブロック私兵の元に手を振りながら駆けたけど、忙しいのか全然気付いてもらえなかったので後ろから声をかける。

「あの」

「なんだ！　今忙しい。ん？　例の銀級冒険者の黒煙の——」

「そんな名前じゃないから、ただの……普通にカエデって呼んで」

「ああ、分かった。私はエミルだ。この中隊の隊長だ。それで、カエデはなぜまだここにいる？冒険者は皆、西へと向かったぞ」

「そうなんだ。あれは、どうしたの？」

初心者ゾンビと果てた私兵を指差せば、エミルが苦々しい顔で返事をする。

「こっちが聞きたい。ローカストの大群に襲われたと思ったら数人がああなって襲ってきた」

もう確実に赤黒い魔石のせいじゃん。ゾンビ化している私兵は3人だけ。他の私兵もバッタに噛まれたり直接的な攻撃をされたりしているはずなのにゾンビ化はしていない。この違いは何？　バッタに噛まれたエミルの腕を確認する。

「これ、いつ噛まれたん？」

「大群に襲われた時だ。それがどうした？」

エミルの袖を巻き上げ、胸元を開け身体を確認するが特に異常はない。

「おい、やめろ！　何をしている」

「バッタに噛まれたあとに何か違和感あった？」

「バッタ？　ローカストのことか？　違和感とは何を言っているのだ？」

「バッタの一部が体内に入ってきたとか？」

「は？　何を頭のおかしなことを言っている」

そんな可哀相な子に向ける表情でこっち見るのやめて。飛んでいるバッタを捕まえ、直接触れないように赤黒い目をエミルに見せる。

「ほら、この赤黒くなった目の部分とか」

「目？　ああ、確かに赤いな。だが、こいつらは群れて狂暴になれば体を黄色や黒に変える。目が赤いのもその一つだろ。どれ」

「あ、ちょっと！」

エミルが傷のついた手で赤黒いバッタの目を引き千切る。魔石が身体に入る前に取り上げようとしたが、赤黒い魔石は無反応だ。へ？　なんで？

「ほう、これは小さいが魔力の源か。このような大きさでは使い物にはならないだろうが……このローカストは進化しているのか？　それならば非常に面倒であるな」

「手、なんともないの？」

「何がだ？」

「なんでもない」

エミルの手をしばらく凝視したけど、特にゾンビになるような兆候もなく平気そうだ。ゾンビ化した3人を拘束した他の私兵の腕や首にもバッタから噛み付かれたであろう傷があるのに、ゾンビ化なんかしていない……どういうこと？

「あの3人はどうなるの？」

「原因が分からない限り、拘束して隔離する他ない。あ、おい！　どこへ行く！」

エミルの呼びかけを無視して拘束された初心者ゾンビの元へと向かい、棒で突きながら身体を調べる。胸元の服を棒で捲ると明らかにバッタの噛み傷以外のものがある。これ、普通に刺し傷じゃん。傷口を抉るとバッタの目の魔石よりも大きいが、比較的小さな赤黒い魔石が傷口から露見する。やっぱり原因はこれか。これならカイの時と同様、不思議水でゾンビ化から私兵を救済してあげられそう。赤黒い魔石を棒で抉り出そうとすれば、後ろから怒鳴り声がした。

「おい、お前、勝手なことをするな！」

私兵の1人が乱暴に私の腕を握ると、ギンの特大ビリビリが炸裂した。地面へ吹き飛ばされた私兵の頬当てが取れ、髪は逆立ちして焦げたような臭いがした。ん？　ギンのビリビリがこんなに効くってことは——コイツ……。

【悪意があるだえ〜】

（やっぱり）

「お前、領主様の私兵に向かって攻撃するとは！　覚悟しろ」

地面に倒れ、頬当ての取れた私兵がこちらを睨みつける顔の傷に見覚えがあった。眉から鼻にかけての大きな古傷は木箱に入ってた遺体の1人にすごく似ている。こんな短期間にそんな目立つ特徴的な傷を持つ人間をそう何回も見ないって。絶対怪しいじゃん。

「ってか、顔の傷の周り、なんか焦げてね？」

古傷の男が反射的に古傷に触れると傷がペロッと剥がれるのが見えた。え？　あれって偽物の傷なん？　ギンのビリビリで焦げて取れたってことか。ボソボソと偽古傷の男が何かを呟き、フッと笑う。

「従魔もいない——我らの計画の——」

「なんて言った？　聞こえないんだけど」

「やめてくれー、殺さないでくれー」

「は？」

偽古傷の男が大声で助けを呼べば、仲間が攻撃されたと気が立った私兵たちに囲まれた。偽古傷の男は笑いを浮かべ少しずつ下がっていく。あいつ、もう絶対賊の仲間じゃん。バッタ竜巻の動向を確認したいが、ここからだともう既に見えなくなっている。

囲まれた私兵に投降するようにと命令される。

「もう、ずっと足止めを食らってすごいイライラしてんだよね」

「何を言っている！　例え銀級の冒険者とて領主の私兵への攻撃は反逆だぞ。大人しく捕まれ」

こちらに槍を向ける本当の領主の私兵だろう男たちに、ため息をつく。あんたたちが庇ってんの賊だって！　説明しようとしたが、聞く耳を持たない私兵に罵倒される。あっそ。それならもういいよ。

「あとで謝るからよろしく」

「は？　なっ！」

偽古傷のある男以外の腹に土の魔石でボウリング玉ほどの大きさの石玉をぶち込めば、次々と腹を押さえ倒れる私兵たち。手加減はちゃんとした、領主の私兵を殺す予定はないから。そんなことしたらリアルに指名手配犯になってしまう。でも、あれは相当の痛さだとは思う。

「なんだよ、その魔法の威力は……」

驚愕の表情で転がるボウリング玉と私を交互に見る偽古傷の男は眉を顰め、狙いを定めると逃げだした。絶対に逃がさない。

「石バンバン」

舌打ちをする。両足を石バンバンで仕留めたはずなのに、何かの防具をつけていたようで甲高い音が鳴り、貫くことができなかった。偽古傷の男は一度バランスを崩したが、再び走り出した。

「だから、逃がさないって！　ギンちゃん、アイスピックとナイフを出して」

「だえ！」

ダッシュで偽古傷の男を追いかけ後ろから飛び蹴りを食らわせ、そのまま一緒に地面へと転がる。苦しむ男を仰向けにして跨りグーで顔面を殴る、殴る、殴る。結構殴ったのに抵抗をやめない男にイラつきながら言う。

「暴れるのやめて」

ニヤリと笑った偽古傷の男が口に伸ばそうとした右手を地面に押さえつけ、アイスピックでぶっ刺し固定する。

「ぎゃあああ、クソ野郎！　何しやがる！」

時間を置かずに左手もナイフでぶっ刺し固定、騒ぐ偽古傷の男の口中を急いでグーでこじ開ける。棒とかの方がよかったけど、サメには一瞬で自害されたのでもうこの手には引っ掛からない。自害は禁止だから。拳を偽古傷の男が噛もうとするが気にせず口の中を調べる。どの歯だ？　アガアガと偽古傷の男が苦しむのを無視して更に拳を奥に入れる。こいつの顎が外れても問題はない。

「あった。これか」

奥の銀歯を摘まむとグラグラしていた。ただの差し歯のようだ。ゆっくりと引き抜くと、古傷の男が目を見開き再び暴れ始めたので股間を狙い何度も蹴る、蹴る、蹴る、蹴る。

「何をしている。やめろ！」

エミルが止めに入った頃には偽古傷の男は既に気絶をしていた。

「一体なぜこのようなことをした？」

エミルが眉を上げ困惑した顔で責めるような視線を向ける。うん。状況的には何してんだよ、お前って思うよね。完全にカエデが理不尽に暴れたようにしか見えない。私を拘束しようとジリジリ遠くから囲んでくる他の私兵に両手を上げ、こちらには敵意がないことを知らせる。

自分の手の甲に歯型が付いているのが見える。最悪じゃん。痕がつかないといいけど、これ。

「何をしている、弁解があるなら早く言え」

自分の手に集中していたら、エミルが迫るような低い声で告げる。

「ちゃんと説明できるから、見てて」

気絶している男の偽古傷をペロンと剥がす。綺麗に傷は取れたけど、この偽傷はなんでできているんだろう。なんだか炭のような独特な臭いがする。臭っ。近くで嗅ぐと、余計に臭い。

エミルが目を見開き、まじまじと古傷の取れた男の顔を確認する。

「こいつは……アルフではないな」

「傷は偽物、ほら」

傷が綺麗に取れた男を見下ろしながら、言葉を失ったエミルに証拠品の偽傷を渡す。なんだか臭いが手に残って気持ち悪い。手渡された偽古傷を見ながらエミルが不愉快な顔になる。

「これは、人の皮だな」

「えぇぇ」

ちょっと嘘でしょ！　触って臭いまで嗅いだんだけど！　勘弁して！　手にまだ匂いが付いてるし！　喉にせり上がってくる胃液を気力で飲み込む。ゴシゴシと手を洗う間にエミルは気絶したままの偽古傷の男に足かせと首枷をつけ拘束、ボウリング玉攻撃で倒れている私兵の1人を掴み起こす。

「デニス、アルフはお前の小隊の一員だろ。これをなんと説明する」

小隊を束ねるデニスという私兵が、偽傷と私兵の格好をした誰か分からない男を交互に見ながら青ざめる。どうやら、このバッタパニックの中、いつの間にか私兵が賊とすり替わっていたようだ。アルフという私兵は、たぶん木箱に入っている遺体の男だよね。

（なんか、ちょっと面倒な事態になってない？）

アルフという私兵は顔の傷の特徴で狙われたんだろうね。目立つ身体の特徴を掴んでいれば、パニックに陥っている最中に誰もわざわざ全員が本物なのか確かめたりしない。それにこれはバッタ討伐だし、まさかそんな中に賊が紛れ込むなんて想像できないのは分かる。でもなんのために？　このバッタの群れ自体計画されたものっぽいけど……。ああ、依頼はダンジョンの護衛を選んでおけばよかった。

「最後に本物のアルフを確認できたのはいつだ！」

エミルの叱責が響けば、大声でデニスが返事をする。

「き、昨日の早朝でございます。身体を水で清めていた時に顔を見たのが最後でありますᅟ」

「他は？　アルフを最後に見たのはいつだ！」

私兵がそれぞれ目撃情報を言い合いながら、誰もがアルフの安否を心配しているのが分かる。

遺体は私が持っている、たぶん。伝えた方がいい、たぶん。

ああ、もう！　これまた私が疑われる状況になりそうなんだけど、伝えないという選択肢はない。ゆっくりと手を上げる。

「えーと、見ました」

「は？　何を見たのだ？」

忙しく情報を私兵たちから集めていたエミルが、うとましい顔で尋ねる。

「見た、というか持って……ます。たぶんそのアルフって人の遺体を」

辺りは一気に静かになり、少しの間、バッタのジリジリ音だけが響いた。

すぐに私兵全員に敵意のこもった目で見られる。あ、やっぱり絶対勘違いしてるし。今にも飛びかかってこようとする私兵にエミルが手を向け止める。

「待て。カエデ、おまえが――」

「あ、先に言うけど私が殺したんじゃないから、そんな目で見るのやめて」

「……それならば、持っているという遺体を出せ」

「出すけど、その殺気立った私兵をどうにかして。襲ってくるならこっちも容赦しないから」

「分かっている。カエデの事情を聞くまで手は出させない。お前たち聞こえたか、手を出してみろ、私が自ら罰を与える」

エミルが威厳ある声で私兵に命令すれば、全員が数歩下がる。でも、疑いの眼差しは更に強く刺さる。これ、本当に襲ってこない？　まぁ、攻撃されたらこっちも本気で行くだけだけど。

【ギンがビリビリで守るだえ～】

（そうだね。襲ってきたら、特大ビリビリでよろしく）

【特大だえ～】

収納の魔道具の小箱を出したところで止まる。

「どうした？」

尋ねたエミルの顔をまじまじと見る。この人、本当に私兵のエミルなのだろうか？　人の皮なんて被ってはなさそうだけど。

「エミルが賊じゃないか確証がないんだけど」

「私は私だ。確証と言われても――」

「口の中を見せて」

「は？」

「そう、歯を見せて」

エミルに偽古傷の賊の銀歯を見せ、中に毒があると説明する。

「銀の毒歯であるか」

「これ、知ってるん？」

「以前、討伐した賊にそれで自死した者がいた」

「じゃ、話は早いじゃん」

エミルの口の中を確認する。特に銀歯はないが虫歯を指摘すると、呆れた顔でため息をつかれる。全ての賊がこの銀の毒歯を持っているかは分からないけど、今のところ連続で２人が持っていた。

「カエデも口を開けてくれ」

「ん。いいよ」

謎のお互いの口の中の確かめ合いが終了した。なんの時間よ、これ。この世界に来る直前に下の銀歯を白い歯に変えていてよかった。

「これで、銀の毒歯に関しては互いの疑いは晴れただろ。遺体を見せてくれ」

木箱の中を弄り遺体を引きずり出す。途中で引っ掛かった遺体を取り出すのに数人の私兵が手を貸してくれる。一応、礼は言う。

「どうも」

「あ、ああ」

手を貸した私兵の1人が複雑な顔で返事をする。

サメとアルフだろう2人、それからもう1人の損傷の激しい遺体を並べる。この最後の遺体に関しては正直もう吐くものがないので助かったが、手を貸した私兵の数人は口元を押さえ今にも朝食をリバースしそうだ。リバース大会をするなら私から離れてよろしく。

「た、確かにアルフだ」

エミルはアルフの額に手を置くと、小さく何かを祈る。他の私兵も次々と全員が黙とうをした。私も手を合わせ故人の冥福を祈った。こんな辺りがバッタだらけの場所でもその時だけは雑音は遮断されたような気がした。少しだけ時間を置き、エミルに声をかける。

「悪いんだけど、私も時間がないから」

「ああ、事情を説明してくれ」

エミルにカイのことは伏せ、それ以外の事情を少し誤魔化し説明する。別にカイを庇ってはいない。赤黒い魔石とかゾンビとかの話で精一杯になっているエミルに、カイの話なんてどうでもいいはずだから言わなかっただけ。あと不思議水の話題も避けたかったし。事情を聞いたエミルは首を振る。

「俄(にわ)かには信じがたい情報である。冒険者の中に賊がいたとしてもさほど驚きではない。そのサ、シャークという名の冒険者一味のことはギルド職員でもあるガーク殿に相談するとして、問題はローカストが計画的に発生したかもしれないこと……それから『ぞんび』になるという身体に影響する魔石だ」

「魔石が体内に入ること、あるん？」

「いや、そんな事実は今まで聞いたことはない。正直、私はカエデの話は……申し訳ないが、全てを信じることはできない」

うん。私もエミルだったらクレイジーカエデの作り話だと思うよ。でも、残念ながら事実だから。

「実際、見せるから。信じるか信じないかは、そのあとに自分で決めて」

ゾンビ化した私兵の元に向かい人的に切られた傷口の中にある魔石を取り出すために棒を突っ込み、かき混ぜる。赤黒い魔石さえ取り除けば、私兵を助けることができるかもしれない。痛みは感じていないようだけど、がうがうと歯をむき出して吠(ほ)えるゾンビたち。

「少々乱暴ではないか？」

「触りたくないし。エミルが触りたいならご自由にどうぞ」

エミルが涎をまき散らし、たぶん失禁もしている私兵に苦い顔をする。ですよね。

更に力を加え、押さえた棒の横から血まみれの赤黒い魔石が飛び出し地面に落ちる。おお、ちゃんと出たじゃん！　赤黒い魔石が飛び出すとゾンビはがっくりと項垂れた。エミルが急いで持っていたポーションを口に注げば、私兵が正気を取り戻す。ポーションでも治るなら不思議水は出さなくてもいいよね。

「おい、ジョン。気が付いたか？」

「……中隊長？　がぁぁぁ」

ゾンビ化した私兵は正気こそは取り戻したけど、すこぶる顔色が悪く全身が痛いと苦しみながら叫び出した。急いで不思議水を口の中に流し込めば、傷口から赤紫の煙が出た。ジョンと呼ばれた私兵はその後、痛みから解放されたが体力の限界だったのかすぐに気を失った。

「ジョン、おい！　ジョン」

一応死んでないかを確認する。呼吸はしている。よかった、まだ生きてる。さすが、不思議水。

「気絶してるだけだから。ほら、他の２人もやるから手伝って」

その後、ゾンビ化した他の２人の私兵も同様にほじほじをして魔石を取り出す。不思議水を流し込む度にエミルの視線が刺さったけど、気にしている暇はない。２人とも体力は失っているが大丈夫そうだ。よかったよかった。

地面に落ちた赤黒い魔石は触れないように観察する。やっぱりバッタの目なんかより大きな魔石だ。カイに入っていた魔石がゴルフボールくらいの大きさだったけど、これはビー玉くらい。気絶した偽古傷の男を睨む。あいつがやったの？

「それがカエデの言っていた魔石か」

「うん。あ、これ、本気で危険だから素手で触るの、やめた方がいいから」

「これは私の知っている魔力の源ではない。このように黒くなったものは初めて見る」

トングで赤黒い魔石を掴み、コップに入れた不思議水に浸ける。こんなデンジャラスな物は野放しにはしない。小さな赤紫の煙が上がると、魔石は半透明の物に変わった。

「これは、何をしたのだ」

「サメの話だと、掃除をすれば効果はなくなるみたい」

「……掃除？」

エミルが首を傾げる。あれ、サメは確かに綺麗にしたのかと聞いていた。不思議水のパワーで綺麗になったんだよね？　あれ？　なんか違うワードを使っていたような気がする。なんだっけ。まぁ、いいっか。それよりコップに入った濁った不思議水を凝視するエミルに、何か説明が必要？　必要だよね。マジカルウォーターで切り抜ける？　そんなわけの分からない言い訳で通じる？

「隊長、ジョンたちを安全な場所へ移動します」

他の私兵に安全な場所へと運ばれていくゾンビ化被害者の３人を見送りながら、エミルが尋ねる。

「カエデ、大変感謝はしているが……あいつらに飲ませ、魔石の色を変えた水のようなものはなんだ？」

あ、やっぱり尋ねてきた。あ、そうだ。

「ポ、ポ、ポーションだけど」

「カエデは嘘が下手だと言われたことはあるか？」

それは、常に言われている。

「すまないが、このことも含めカエデのことは全て領主様に報告しなければならない」

「あ、そうなるよね。内緒にして――ってできないよね」

エミルが苦笑いをする。まぁ、面倒なことになりそうだったら、さっさと退散すればいいか。

「恩人にすまんな――ん？」

エミルが並べていた遺体を見ながら急に静かになったと思ったら、損傷の一番激しい遺体に飛びつくように近づき両目を開ける。

「えぇぇ。ちょっと、何してんの！」

損傷の激しい遺体は既に目が白くなっている。何をしているか分からないし、普通にグロい。いや、本当に何してるの、この人。エミルが立ち上がり難しい顔で唸る。

「よくないな。これは、領主様の使用人だ」

「え？　そうなん？」

「ああ、間違いない」

損傷のせいで初めは気付かなかったらしいが、領主邸で数回会ったことのある使用人だという。

「あ！」

「なんだ？」

「忘れてたけど、これもあった」

エミルにサメの木箱にあった数枚の姿絵を渡す。フェルナンド以外は誰か分からないけど、重要人物っぽい人たちの描かれている紙だ。

「領主様とフェルナンド様……これを賊が持っていたと？」

「これ、領主様なんだ」

姿絵の他の人物たちは分からないらしい。領主だと言われた男の姿絵はフェルナンドには全く似ていないし、年齢もずいぶん上のような感じだった。

エミルが急いで紙に何かを書き始めたと思ったら、私兵の２人を呼んだ。

「領主様、フェルナンド様、双方への緊急連絡だ。今すぐ行け」

「すぐに向かいます」

声を合わせ、書面を受け取った連絡役の私兵をジッと見たあとにエミルに眉を顰める。２人共、顔全然見えないし、この私兵は大丈夫なん？

「なんだ、そんな顔を——ああ、分かった。お前たち、待て」

エミルが連絡役の２人を止め、頬当てを取るように命令して口の中も確認する。その様子を見ていた私にも確認するかと尋ねられたが、断る。そんな趣味はない、やめて。連絡役は２人とも問題がないということですぐに出立した。バッタの被害でティピーが飛ばされた時に馬も逃げたらしく、連絡役はランニングで出発した。普通に結構走るの速くね？　私も早くオハギと合流しよう。

「もう、私への疑いは晴れたよね」

「そうであるな。カエデのことは領主様へ緊急報告書にも記しているので、のちほど召喚されると思ってくれ」

「ああ、うん、分かった。じゃ、もう行くから」

走り出そうとしたら偽古傷男が目覚めたのか、うるさく騒ぎ出した。足枷、手枷、首枷で地面に固定され、全く動きの取れなくなった偽古傷男を見下ろす。

「あ、これ返してもらうから」

手に刺さったままのアイスピックとナイフを回収する。

「ぐわぁぁ。てめぇ、覚えてろよ。絶対殺してやる」

「えぇぇ。たぶんだけど先に死ぬのは、そっちだと思うんだけど」

こいつ、自分の周りにいる私兵の殺気に気付いていない？　たぶんだけど、尋問という名の拷問で数日も生きていられないと思う。まぁ、頑張ってクソ虫。口角を上げ笑う。

「クッ。お前も同じだろ！　地獄で殺してやる！」

「なんで私が地獄に行く前提なん？　失礼じゃね？」

「死ね死ね死ね――もごっ」

死ねとしか言わなくなった偽古傷男に私兵がうるさいと口枷をすると、ギロリと睨まれたので手を振り別れの挨拶をする。

「バイバーイ」

出発する前に肩を鳴らしストレッチをする。よし、行くか。

「カエデ、待ってくれ」

「えぇぇ。まだ何かあるん？」

走り出そうとすれば、エミルに引き止められる。今度は何？

「手紙を書くのでガーク殿に頼む」

「ん。分かった」

エミルが急いで書いた手紙を受け取る。さて、オハギ、ユキ、うどん、待っててね。ギンが肩でジャンプしながら言う。

「出発だえ〜」

4章　計画されたバッタ竜巻

しばらく走って、すぐに息を上げる。

「すごいきついんだけど！」

身体がとてつもなく重く感じた。少し前までの超人カエデパワーはどこにいった！

「ギンちゃん、パワーは？」

「パワー……時間切れだえ～」

「そ、そんなぁ」

何もない畑道でガクッと項垂れる。大丈夫、カエデ行ける！

気合で再び走ること十数分。息を上げ地面に倒れ、不思議水をがぶ飲みをする。ギンはなぜか額の上でお尻フリフリダンスを懸命にしていた。

「ギンちゃん、何してるの？」

「胞子を出すだえ～」

「無理しなくていいから」

一つも出ない胞子を出そうと頑張るギンに和み、疲れが飛んでいく。ありがとう、ギンちゃん。

「さてと、休憩終わり」

これ以上トロトロ走ってもバッタ竜巻に追いつける気がしない。車が欲しい。あ、待って……土の魔石をジッと見る。これ、いけるんじゃね？

土の魔石に集中、車をイメージするが……。

「何、この気持ち悪いの」

目の前に現れたのは車とは程遠い、四角の箱。しかも土の魔石に入っていたバッタがウヨウヨ箱の中から這い出す。こんなのモザイクで処理されるべき光景だし。辺りにいるバッタを殲滅、土の魔石で土だけを吸う。ちゃんとイメージできない車のような立派な物はいらない。乗れて、進めばいい。それだけなら台車で十分だ。

（いけるいけるいけるいけるいける）

自分を洗脳、目を閉じ板とタイヤを、それから取っ手をイメージする。そっと目を開けると、足元には板状の石と丸いボウリングの玉があった。これは失敗だ。

もう一度……もう一度……もう一度……もう一度。10回目のトライで不格好だけど台車ができる。

「ははっは！　やればできんじゃん！」

とりあえず試乗してみる。石板部分に乗り、風の杖を振り台車を動かす。杖から風が出る度に台車が押され前進する。おお、結構ちゃんと動くじゃん。でも、地面がガタガタでバランス取るのが難しいし、これ以上スピードを出せば落ちそう。でも、走るのより疲れはしない。

「試してみて無理だったら、また走ればいいか」

ラッキーなことにゴブリンの緑色の魔石は死ぬほどある。今のところ、このゴブリン魔石は風の杖にしか使い道がない。ゴブリン大量キルしておいてよかった。ご近所さんも役に立ってるじゃん。

「レッツゴーだえ～」

うんうん。ギンを撫で、目を細める。よし、あとは自分を台車に縛り付けて——止まる。ちょっと待って。これ、本当に大丈夫？

「私、死ぬんじゃね？」

なんだか、この不格好な台車に自分を縛り付けて命を預けるのが怖くなる。安全性はほぼゼロ、カエデスプラッターの未来が見える。

「ギンが守るだえ～」

「ギンちゃん、頼んだよ」

自分にタオルで作ったパットを全身にこれでもかと縛り付けて、コカトリスの仮面を被る。

ギンの無言の視線がやや苦しい。いや、ギンちゃんは信頼しているよ。けど、ほら一応……

死んだら終わりだから。紐で自分を台車に縛り付け、風の杖を振ると台車が動き出す。ガタガタはしているけど、これなら余裕でいけそう。颯爽と畑道を進む。周りにバッタはいるけど、そんなのが気にならないくらい爽やかな気分になる。

「あー、これ、爽快じゃん」

「爽快だえ～」

5分後、台車から下りタイヤと板の間部分に詰まったバッタを除去する。ぐぇぇ、普通に気持ち悪い。

「時間が惜しいのにバッタが鬱陶しいんだけど」

「カエデ、道、道」

ギンが土の魔石を指しながら言う。鋪装という名のバッタ吸いをしながら道を進めってこと？やったことはないけど、風と土の魔石を同時に使えば問題は万事解決する？ギンの案を採用して左手で土の魔石を持ち、進む道のバッタを含む土を吸いながら右手の風の杖を振る。先ほどよりも断然スムーズにスピードを上げられ、台車が進む。あー、これこれ。これ、最高。

「ギンちゃん、ありがとう」

「だえ～」

ギンが嬉しそうに揺れると、ポッポッと辺りにカラフルなキノコが生えた。そういえば、べニはギンが育てば菌輪で自分の元に移動できると言っていた。もしかしてこのキノコがそれなの？

「ギンちゃん、このキノコでベニのいる場所まで行けるの？」

「まだだえ〜」

ギンがしょんぼりと項垂れた。まだ、ということはやっぱりこのカラフルなキノコが菌輪なのか。ベニにまた会えるかもしれない、そう思うと、なんだか嬉しくなった。

「ギンもベニに会いたい？」

「会いたいだえ〜」

だよね。ベニは一応ギンの親……なのかは微妙だけど、分身で繋がりがあるので会いたいと思うのは自然だよね。私もギンたちは家族同然に思っているけど、やっぱり日本に帰りたい。家族に会いたい。時間が経つに連れ、こちらに慣れ、もう血を見るのも普通になった今の生活……やばくない？　私、普通の会社員だったはずなんだけど。

（ベニか……スマホの廃人と化してなければいいけど）

死の森に戻るのは嫌だけど……不思議水にも上限がある。無限ではない。今、持っている水の魔石は、一番小さな魔石が付いた魔道具のネックレス、キヨシの遺品と思われる少し大きめの魔石、それからイカからの戦利品の大型の３つの魔石だ。ネックレスの魔石はもう既に使い切り、何度も別の魔石たちから補充をしている。不思議水は私の絶対的なライフラインだけど、結構惜しまずに使用している。だって死にたくないし。最近はやや他人にも使っているけど……。

現在、大型の魔石の容量はほぼ満タンだ。少し大きめの魔石の容量は半分以下となっている。不思議水をイカの大型魔石に吸い込んだ時、あの広い湖の水嵩（みずかさ）が変化するほどだったので相当量の不思議水が入っているはず。すぐにまた補充する必要はない。でも、もしあの死の森のスライムゾーンやクソ妖精がいる森をギンの力で通らなくていいのならば、それは本当に、すごく、めちゃくちゃありがたい。クソ悪戯妖精たちのいる森ならギンもいるからまだしも、スライムゾーンは絶対に嫌だ。絶対に通りたくない。考えただけでゾッと鳥肌が立つ。

数回休憩後、スピードを上げてずいぶん進んだ場所でギンが声を上げる。

「カエデ、あれあれ」

「うん。見えてきたね」

バッタ竜巻を肉眼で捉える。まだ距離はあるが一旦台車移動を止め、双眼鏡で状況を確認する。バッタ竜巻なんかデカくなってない？　ん？　目を何度もパチパチして、もう一度双眼鏡を覗く。

「嘘でしょ」

待って待って。竜巻の横に巨大猫がいるんだけど。何、あれ。双眼鏡のピントをきちんと合わせ猫の姿を再度確認する。猫じゃない、豹だ。成長してるけどさ、あれは絶対——

「うちの猫じゃん！」

ちょっとなんであんなに巨大に成長してるん？　自重しなくていいとは言ったけど、あのニャンコ妖精め。辺りにいる冒険者や領主の私兵の別部隊を双眼鏡で確認したが、見る感じバッタ竜巻にだけ集中していて誰もオハギは見えてないようだ。あんなのが現れたら、みんなパニックになるから。

「ギンちゃん、急ごう」

「だえ！」

台車を出発させると、ドンとこちらにも振動が伝わるくらいの地鳴り音が聞こえた。え？何？　双眼鏡で確認すればオハギが何かを踏み潰している。あれって、行き道で見かけた廃村？　冒険者や私兵が走りながら退避するのが見える。下がりながらも魔法を撃ち込んでいるのはバッタ竜巻の方でオハギではない。オハギは完全に見えていないんだよね、あれ。

台車のスピードを上げ、オハギたちの元へと向かう。

廃村の近くまで到着したのはよかったんだけど……オハギと合流しようとしたらなぜか迂回してきたバッタ竜巻に巻き込まれた。そのせいで台車はバッタ詰めになり、使い物にならなくなって途中で放棄した。さらば、マイ台車よ。

「ビリビリだえ～」

ギンのビリビリが私の周辺を円状に囲んでくれたおかげで、障壁のようにバッタを感電させ焦がす。その香ばしい匂いが結構食欲をそそる。バッタだと頭では理解してる。でも、お腹が空き過ぎてる。そういえば、胃の内容物を全て吐いたことでお腹は空っぽだ。お腹が空いたことに気付いてしまえば、別のことで気を紛らわせようとしても無駄だ。このビリビリバリアがあれば大丈夫だよね？　いや、バッタは食べないよ。

「あ、ダメ。ギンちゃん、カステラを出して」

もうバッタが顔にぶつかってきてもいいや。その場に座り込み、ダリアの母親からもらっていたカステラを頬張る。

「うまっ。うまっ。疲れてお腹空いている時はやっぱり甘い物だね」

カステラを食べている最中もビリビリの障壁に当たってバッタが焦げ落ちる音はしたけれど、気にしない。カステラ最高じゃん。

カステラを完食。元気も出たんだけど、辺りの視界は数メートル先がやっと見えるほどバッタが飛んでいる。コカトリスの仮面にもギンのビリビリ障壁を抜けたバッタがバシバシと当たる。これじゃあ、どの方向に行けばいいのかすら分かんないじゃん。

「カエデ、あっちだえ〜」

ギンが示す方角にしばらく進むと、急にバッタが障壁にぶつかる数が減った。ついにバッタ竜巻を抜けたかと思ったけど、見上げたその光景に釘付けになる。まるでイワシのトルネードのようにバッタが無数にグルグルと巻き上がりながら空を飛んでいた。ここってバッタ竜巻の目の部分なん？　少しの間、バッタのトルネードを見ていたがバキバキと崩れる音が近くで聞こえた。廃村もこの竜巻の目の中にあるようだ。少し歩くとすぐに廃村と……立派に成長して二階建ての豹になったオハギがいた。

「きゃうん」

「ユキ、うどん！」

ユキとうどんが遠くから、こちらに駆け寄る。よかった、2匹とも無事そうだ。ユキはなんだか少し疲れた表情をしていたので2匹に不思議水を飲ませる。いつもよりゴクゴクと不思議水を飲み干すと、ユキがオハギを見ながら不満気に唸った。こういう時にユキたちと意思疎通が取れないのが痛い。ユキがすんごく不満なのはひしひしと伝わってくるけどね。

「ユキ、大丈夫？」

「ヴュー」

「ごめんて」

ユキの機嫌を取るためにオーク肉も与える。ユキは氷の壁を作ると、うどんと共にオーク肉を食べ始めた。どんな状況でもみんな腹が空く。

バッタ竜巻はどうやら廃村を軸に回り始めたようで、四方どこを見てもバッタの壁に包囲されてしまう。ああ、最悪じゃん。ジリジリうるさいし。これ、どうやって抜け出すん？　あと、あの巨大オハギをどうしよう。食事を終えたユキと共にオハギを見上げて同時にため息をついた。

オハギはバッタ竜巻なんか目にも留めず、こちらに背を向けながら廃村を何度も何度も踏み潰していた。このニャンコ、何してんの……。

「オハギ！　一旦、それやめて」

バキバキ音とジリジリ音のカオスな中でオハギに私の声なんか届くはずもなく、叫び声は騒音にかき消された。

「カエデ、頭の中だえ～」

「あ、思念か。分かった」

オハギに向かって思念を送る。

(オハギ！)

一瞬だけ手を止めこちらを見たオハギだが、再び廃村殴りに戻る。

(オハギ！　何してるの！　やめて！)

オハギは絶対気付いているはずなのに、私の呼びかけを無視する。このニャンコ妖精め。

(オハギ！　オハギ！　オハギ！　オハギ！　ニャンコ妖精！)

オハギが手を止め、こちらに振り向きながら顔を顰める。

【……人族の娘よ。私は今忙しい。遠くで見ているがよい】

え？　この声……。やっと問いかけに答えたと思ったら、それはホブゴブリン村の鼠ダンジョンで聞いた、中年男性の渋い声だった。後ろ脚で顎の下を掻き始めたオハギに尋ねる。

(オハギなの？)

【私に名前はない】

(それってオハギになる前の記憶が戻ったってことでいいの？)

【記憶？　ああ、あんな記憶などいらないはずなのだがな】

そう何度も繰り返しながらオハギは廃村の破壊活動を再開、完全に更地にした。そこで終わりなのかと思ったけど、今度は更地にした廃村の土を掘り返し始めた。その姿は完全にここ掘れワンワン。オハギ、もう豹じゃなくて犬になってるし。掘り上げられた土の塊がバッタ竜巻を貫き、たぶん冒険者か私兵のいる方角へと飛んでいく。土の一部はこっちにも飛んできたのを急いで避ける。ちょっと、やめてやめて。こんなの泥爆弾じゃん。バッタの障壁で外の様子は見えないけど、あんなのが飛んできたら外にいる冒険者たちも大変だって。

(オハギ、土を飛ばすのはやめて。危ないじゃん。あと、そのホリホリはバッタ竜巻を討伐するためにやっていることなの？)

【バッタ？　この小物どもか。こやつらはここへ誘導されている。このような物を作るとは……】

(このような物って何？)

【私は忙しい】

(ちょっと！)

それから名前を何度も呼びかけたが、完全に無視を決め込むオハギ。

「カエデ、あれあれ。臭いだえ～」

「ん？　何これ」

ギンが指を差した地面には布と黒い塊があり、そのすぐ近くには赤黒い魔石も落ちていた。

黒い塊はよく見れば人で、布はその衣服だった。今日、こういうエグい遺体が多くない？　もう、十分でしょ。この黒い塊が人なのだと認識しても吐き気などはない。ああ、なんだかこんな状況にも完全に慣れ始めた自分が怖いんだけど。サイコパスに一歩一歩近づいてんじゃん！

（私は日本人、私は会社員、私はカエデ）

自分への洗脳を終了させ、赤黒い魔石に触らないように遺体を棒で弄ればポロポロと崩れ落ちる。人相は分からないが服の大きさから男性だと思われるその遺体に手を合わせ、冥福を祈るとキラリと何かが光った。銀歯だ。銀歯を割ると液体がトロリと溢れる。見たことのある毒だ。

「これ、賊だったん？」

赤黒い魔石を持った賊がバッタ竜巻をここまで誘導してたってこと？　廃村にバッタを集めて何をするつもりだったん？　バッタパーティー？　そんなゲテモノパーティーなど誰も参加したくはないって。

「とりあえず、この赤黒い魔石は綺麗にしよう」

ギンから一斗缶を受け取り、赤黒い魔石を不思議水に浸すとおなじみの赤紫の煙が現れ、魔石は半透明に変わった。一斗缶の濁った水は汚水入れ用の水の魔石で吸い取る。この中の水、間違っても使うようなことがないようにしよう。絶対に。

綺麗になった魔石は他の魔石と違う袋に入れる。なんだか背後に気配がして振り向くと、オハギの大きな顔が目の前にあった。

「ぎゃあああ」

【騒がしい。静かにしないか】

「うるさくしてるのはオハギでしょ！」

【私はあの生意気な小童ではない】

「じゃあ、オハギはどこ？」

【いや、あれも私も一つの個体だが全く別物だ】

え？　何？　二重人格ってこと？

【そうではない】

「あ！　勝手に私の思考を読むのやめて」

妖精ってなんでこうも人の思考を勝手に読むん？　やめて！　肩に乗るギンに視線を移せば、コテっと頭を傾げてこちらを見返す。可愛い。やっぱりギンちゃんが一番じゃん。

色の変わった魔石を興味深そうに嗅ぎ始めたオハギ、じゃない猫、いや豹……。

「オハギとは別物なら、なんて呼べばいいの？」

【そんなのは知らない】

大きな豹猫は、そう言うと興味のなさそうに前足の毛繕いを始めた。

「あ、そう。じゃあ、もう勝手に付けるから」

【勝手にするがよい】

ユキを確認すれば何かニヤ付いている。あれ、いつもと反応が違う。勝手に付けていいのならそうするけど。

「じゃあ、オジニャンコで」

【……オジニャンコとはなぜだ？】

「おじさん猫だから」

自分で付けたのをこう言うのもだけど……ダサい。こみ上げる笑いを堪(こら)えながら名前の由来を伝えれば、オジニャンコの眉間にシワが寄る。

【その名前は何か悪意を感じる】

「もうオジニャンコで決定してるから。『勝手にするがよい』って言ったじゃん」

尻尾をペシペシと地面に打ち付けながら、オジニャンコが諦めたようにため息をつく。

【分かった。その名前でよい。それより人族の娘――】

「カエデ、私の名前はカエデだからそう呼んで」

【いいだろう。それで、カエデはその悍(おぞ)ましい魔石に何をした？】

黒くなっているところは確かに毒々しいけど、悍ましいのか？　妖精にはこれが相当臭い物らしい。

オジニャンコに不思議水を見せると、なぜか不思議水でなく魔道具のネックレスの方を凝視していた。魔道具が珍しいのか尋ねたが、質問は無視された。オジニャンコめ。

【この水は恵の森の回復水か】

「オジニャンコもあの湖のことを知っているの?」

【確かにそれなら浄化は可能だな】

浄化……ああ、サメが言ってたのは、そのワードだ。やっと思い出した。なんだかスッキリする。浄化浄化浄化。うん、もう忘れない。

「この赤黒い魔石は一体なんなん?」

赤黒い魔石の話を振れば、オジニャンコが不機嫌に尻尾を地面にまたペシペシする。

【魔物と妖精を融合した腐った物だ】

「は? 何それ?」

【このような物が作られようとは……視える者が敵に回ったようだ】

情報量が多いって! 視える者って何? 魔物と妖精の融合って何? 私、さっき浄化をやっと思い出してスッキリしたばかりなのに……マジカルワードを連発するのやめて。ちょっと状況の整理をしたい。

「オジニャンコ、まずあそこに落ちている死体から説明して」

【あの人族は腐った物でこの小物どもをここに誘導していたので消し炭にした】

消し炭……？　ううん、詳細は聞かない。だって絶対グロいから。賊がバッタ竜巻の原因なのはもうほぼ決定じゃん。でも、なんでこの廃村がそんなに重要なのか分からない。

【その目的はこっちだ】

また思考を勝手に読んでるし、やめて。やめろやめろと念じながら思考を送ったけど、オジニャンコは聞こえない振りをして掘っていた穴へと向かったのであとを付いていく。オジニャンコが穴を見ろと首を振ったので、恐る恐る中を覗き止まる。

「ん？　あれは何？」

穴の下には横たわる……デカい黒い花？　たぶん花だと思うけど……食虫植物のように棘（とげ）のある口をパクパクさせてるし、サイズ的にオジニャンコの半分くらいの大きさで本当に花なのか分からない。あれは、植物の魔物ってことでいいの？　穴の端からバッタの群れの塊が花の口の中へ落ちると、チョコレートが溶けるようにドロッと溶け吸収されていく。完全にバッタチョコレートの吸収が終わると花は茎を伸ばし成長した。普通にモンスターフラワーじゃん。

「あれは一体何？」

【あれは妖精だ。いや、女王種だった妖精の成れの果てだ】

「えぇぇ。あれ、妖精なん？　女王種って、それ妖精女王のこと？」

【そうだ】

ベニのお友達じゃん。黒い花の妖精は、なんだかうねうねと苦しそうに動いている。花の茎からは赤いブツブツが風船のように膨れては破裂する。その度に痛みに耐えるように全身が痙攣するのをループしているようだった。その光景にギンが無言で髪の毛の中に隠れてしまう。

動いているのは分かるけど、それはまるでゾンビたちと同等の雰囲気で到底生き物だとは思えなかった。あんなのただ動いている『何か』じゃん。

「あれって生きているの?」

【生き地獄であろうな。もうあれは最期を迎えていたはずの妖精だ。それなのに何者かにその運命を変えられている】

オジニャンコによると、あの黒い花の中にはまだ妖精の気配を感じるという。それはそれできつい情報だ。どうやら、バッタ竜巻を起こした賊は、この花にバッタを全て吸収させ更に巨大で強力に成長させるつもりだったんじゃないかとオジニャンコは言う。もう既にモンスターフラワーなのに、これを更に大きくすんの?

「一体なんのために?」

【ここから人族がたくさんいる場所まで腐った魔石の道標を感じる。これをそこへ誘導するつもりだったようだ】

ロワーの街にこれを襲わせようとしてたってこと？　そんな計画、すごい迷惑なんだけど。

「えっと、これはどうすればいいん？」

【浄化してやるといい】

不思議水をかけろってこと？　この大きさだったら結構な量がいるけど、なんだかオジニャンコとギンから助けてあげてほしいという気持ちがひしひしと伝わる。ギンちゃんには弱いからなぁ。オジニャンコは知らないけど。不思議水を大量に消費するのなら、私も解決したいことがあるんだけど。

「この黒い花を浄化したらバッタ問題は解決するん？」

【この妖精の浄化をしたら、私がこの小物どもを1匹残らず始末してやろう】

「土の中の卵もよろしくお願いしたいけど、本当にそんなことができるん？」

【できる】

あ、それならやる。ドヤ顔で1匹も残さないと豪語するオジニャンコから言質を再度取り、イカの魔石だった大型の水の魔石をギンから受け取る。

「助けるだえ〜」

「うんうん。ギンちゃん、私に任せて」

といっても、この穴に不思議水をまき散らす予定なだけだけど。

「レッツゴー不思議水シャワー」

「レッツゴーだえ〜」

大量の不思議水が消防ホースから出る水のごとく溢れ出して穴の中へと放出されると、花から発されたクジラやイルカのハウリングのような音が頭の中に響く。あまりの音の大きさに目を瞑り歯ぎしりをする。

「頭が痛い痛い、痛いって！」

もう！　やめて。放出される水の量を増やす。花も苦しいかもしれないけど、カエデもこの音は苦しい。花が悶え動く度に赤紫の靄が穴の中を満たしていく。靄が徐々に上昇、こちらに迫って来たので、水圧の勢いを自分が保てる最大まで上げると足が宙に浮いた。

「あ、ちょちょ。やだ」

「ヴュー」

「きゃうん」

バランスを崩して穴に落ちそうになったのを、両足の靴を噛んでユキとうどんが止めてくれる。危なかった……。あんなデンジャラスな花の上に落ちたら終わりじゃん。

「ユキもうどんもありがとう」

水をかけ始めてから数分、一番大きい水の魔石のメーターが減るのを初めて見たところでハウリングが止まり頭痛もなくなったので、不思議水の放水を止める。んー、これで浄化できたん？　もう少し水が必要？　どっち？

【十分だ】

「また勝手に頭の中を読んでるし。やめて」

【カエデは面倒であるな】

面倒なのは記憶喪失二重人格のオジニャンコの方じゃん！　私の思考をまた読んだのか、オジニャンコが顔を逸らし穴の中に視線を移すと、尻尾を左右に振り始めた。

穴の中に充満していた赤紫の靄が晴れると、名前は忘れたけど以前テレビで世界一大きい花だと紹介された巨大トウモロコシのような立派な花が現れた。あれが本来の姿なの？　なんだか先ほどまで感じていた禍々しさはなく、辺りにはいまだにバッタが飛び交っているのにとても綺麗な空気を感じた。

巨大トウモロコシの花が徐々に開花すると、眩い黄金の光りを放ち粉々に砕け散って消えていった。

「え？　死んだの？」

せっかく助けたのに……花のいなくなった穴を呆然と見つめていると、オジニャンコが穴の中へと飛び込み、拾ってきた何かを土と一緒に渡してくる。え、いらないんだけど。勝手に手に置くのやめて。泥だらけになった手の上には、小さなパステルピンクの植物があった。

「これってピンク色のヤングコーン……」

【新しい妖精が誕生したようだ。頼んだぞ】

「え？　何を？　は？」

待って。私にヤングコーンを預ける気満々なのはなんで？　私はカエデ妖精保育園じゃないんだけど。

【私もカエデとの約束を果たす時間だ】

「私の思考、聞こえてるよね。なんで普通にスルーしようとしてんの？」

【見よ。カエデの妖精は気に入ったみたいだ】

ギンを見れば、ヤングコーンに栄養玉を与えていた。ちょっと、ギンちゃん、待って！

オジニャンコが空を見上げ、煙草の煙を吹き出すように口から黒煙を出す。黒煙はみるみる形を変えると、迷いの森で見た一つ目の妖怪妖精が2匹現れた。全身が黒く、黄色く濁った血走った一つ目が口を開け笑う。もう、ホラーだって！

「あの妖怪は何？」

【私の眷族である。愛い奴らだ】

「あれ、オジニャンコの眷族なん！」

口を大きく開けてこっちを血走った目で見る2匹をもう一度確認……全然、愛い奴らではない。妖精の感覚ってなんかおかしくない？　ベニの眷族はゴキブリだし、ギンの宝物は昔のエロ本とか私の下手くそな絵だし……オジニャンコの眷族に至っては妖怪だし。

一人で悶々と考えていたら、ずんずんと巨大化していくオジニャンコ。何をする気なん？　大きさに押され、地面に尻もちをつく。

「ねぇ！　オジニャンコ！　説明くらいして！」

【小物どもを殲滅する。私はその後しばらく眠りにつくが、よくない者が近くにいる。カエデ、拾い食いには気を付けよ】

は？　はぁぁぁ？　拾い食いなんか……いや、したことあるけど。何その忠告、おかしくね？　オジニャンコはそんな謎な忠告だけをすると、黒い煙に形を変え眷族と共にバッタ竜巻の中に飛び込んだ。説明不足にもほどがあるんだけど……。このヤングコーン妖精はどうすればいいん？　とりあえず、土と栄養玉と一緒にコップに入れ、不思議水を与えたが反応は全くない。

「ギンが仕舞うだえ～」

「うん。よろしく」

ギンは自分が面倒を見ると大切そうにヤングコーンを撫で収納する。ギンちゃんがそれでいいならいいけど……。

「きゃうん」

うどんの声で空を見上げると、バッタ竜巻が黒い煙に巻かれ、急に辺りが真っ黒になった。

「ユキちゃん！」

急いでユキに跨ると上空が徐々に明るくなり、ひらひらと何かが大量に降ってきた。降ってきた大きな花弁のような物を一つキャッチ、すぐに後悔する。

「干乾びたバッタだし」

ぐぇぇ。この降ってきてるの全部干からびたバッタなん？　赤くなっていたバッタの目は砂のように粉々になっていた。ヒラヒラと何度も顔に干しバッタが当たり、イラついたように唸ったユキが氷の壁で辺りを覆う。

「ありがとう、ユキちゃん」

干しバッタはそれからもしばらく降り続き、ひざ丈ほどまで死骸が積もる。なんだか乾いた笑いが出る。あんなに冒険者や私兵と共に苦労したバッタ討伐をこういとも簡単にやってしまうなんて……。

「もうなんでもありじゃん」

ユキが氷の壁を解除すると、干しバッタが足元を埋め尽くすように流れ込んだ。辺りを見渡せば、どこもかしこもバッタの死骸で埋め尽くされていた。突風が吹くと干しバッタの死骸は大量に空へ舞い上がり、散り散りにいろんな方向へ飛んでいった。あれは誰が掃除するん？私じゃないのは確か。

遠目でも、冒険者と私兵が呆然と立ち尽くす姿が見える。双眼鏡で確認すれば、ガークを発見する。うん、ポカンとしているけど元気そうだ。

「ユキちゃん、ガークと合流しようか」

「ヴュー」

ユキが私の背中を見ながら唸る。背中にはいつの間にか子猫姿になったオジニャンコ……かオハギが丸くなっていた。

「オジニャンコなの？」

「ん……オハギなの。眠いの。眠るの……」

そう言うとオハギはスヤスヤと寝息を立て始めた。自由過ぎるでしょ！　ユキも呆れた顔でオハギを見る。

「ユキちゃん、大変だったよね。ありがとう。街に戻ったらユキちゃんの好きなお肉をなんでも好きなだけ買ってあげる」

ユキに後ろから掬われ背中へと乗せられる。おっ、機嫌よくなった？　疲れてたのに結構元気に走り出――

「ユキちゃん！　フルスピードやめてー。全然疲れてないじゃん！」

ユキのフルスピードのおかげで、いまだに辺りの干しバッタの光景に呆然としているガークたちの側まですぐに到着した。ユキから降り、ガークに両手を振る。

「おーい！　ガーク！」

呼びかけにカッと目を見開き、猛スピードで駆け寄ってきたガークの鼻息が荒い。顔面が近いし怖いんだけど。

「お前！　今までどこにいた！　いや、無事でよかった。いや、そうじゃない。このローカストの殲滅はカエデの仕業か？　これはどういうことだ」

ガークに一気にまくしたてられ、干からびたバッタを顔の間でヒラヒラされる。

「それは……私もいろいろ忙しかったし」

「おいこら。今回は誤魔化すんじゃねぇ。あの黒煙はカエデ以外いないだろ。あんな大魔法、あれは一体なんだ！」

「だからマジックだって」

ガークが拳を上げ、ゆっくり下ろし深呼吸、低い声で尋ねる。

「今までどこにいた。一番奥の竜巻を討伐する話はどうなった。フェンリルは見かけたが、カエデはいなかった。いつの間にローカストの中心にいた？」

「あ、それはちゃんと説明できる」

ガークにエミルからの手紙を渡す。これならば、私が説明しなくても、私もちゃんと大変だったのだとガークも分かってくれるはず。うん。

手紙を訝しそうに開封して読み始めたガークの顔が、どんどん顔面凶器Xになっていく。あれ？　おかしい……なんで？

「ここに記してあるのは全て事実なのか？」

「たぶん？　手紙にはなんて？」

エミルは普通に爽やかな顔をして渡してきたけど、ガークはすごい顔面凶器なんだけど。

「冒険者に賊の殺害。私兵の賊を捕縛。殺害された私兵に領主様の使用人の回収――」

「まぁ、大体そんな感じ？」

「まだ続きがある。私兵数人への同時展開魔法での暴行、謎のポーションにて『ぞんび』になった私兵の救済……それから、このエミル殿の服の中を弄って何をした？」

ちょっと、そんな詳細まで書かなくていいじゃん。ガークがまるで変態を見るかのように酸っぱい顔をして、こちらを見る。やめて。

「ただゾンビになったか確認しただけだから」

「その、ぞんびとはなんだ」

ガークに私兵たちとの一連の流れを話し、変態ではないことを説明する。ガークは、エミルたちと離れる前に私兵の様子がおかしくなったのは知っていたが、実際にゾンビ化をその目で目撃しておらず、ゾンビ部分の話が理解できないようで頭を抱える。

「魔石が体内に入って暴徒化だと……？」

「ゾンビね」

私のゾンビという単語は完全に無視して、ガークが少し考え尋ねる。

「賊だった冒険者は誰だ？」

「サ、シャークって冒険者とそのお仲間」

「カイといたあの野郎どもか……カイもか？」

「ううん。なんか騙されてただけみたい。アリアは完全に黒だけど」

「そうか。それで、カイは？」

「動けないから置いてきた。あ、怪我はしていないから、食べ物も置いてきたし」

「ずいぶんと手厚いな。俺だったら殴って見捨てていた」

なんだか少しびっくりした。ガークは情に厚いと思っていたし、特にカイとは以前から知り合いで仲良くしていたように見えた。

「そんな顔しなくともカイにはあとから迎えをやる。あの馬鹿にはたんまりと尋ねることがあるからな。アリアの奴にもな」

「ん。よろしく」

アリアは私の殺害リストのナンバーツーだ。ナンバーワンはマルクス。ガークには言わないけど、先に見つけたら遠慮はしない。カイをあのようにゾンビに変えただけでなく、自分が世話になっていた街や人たちをあんな化け物妖精を使って襲わせようとする賊に縋りつく根性に腹が立っている。賊の無慈悲さは経験から知っているはずじゃん。とにかく、私の中ではアリアも賊の1人という認識だ。

「賊の冒険者には頭が痛いが、珍しくはねぇ。だが、私兵に偽装した賊だと？　こんな大掛かりで手の込んだことを賊がするのか？」

「それは知らないけど、サメはなんか個人的に私を狙ってきた」

「個人的に？　カエデは奴らとは面識はなかっただろ」

ガークが首を傾げながら尋ねる。

「うん。なんかイルゼを殺した報復だって」

「イルゼ──はあ？　待て待て、お前、それは賊が『首残しのウルフ』だと言ってやがんのか？　エミル殿は一言もそんなこと書いてねぇぞ」

ガークの顔が近い近い。近すぎる顔を押しながら返事をする。

「その話、しなかったかも」

「先にそれを言いやがれ！　馬鹿野郎！」

ガークにこめかみをグリグリされる。痛い痛いって！　ギンのビリビリが炸裂してやっと解放される。

「痛いし」

「うるせぇ」

ガークはすぐに冒険者数人を呼び、何かをコソコソと相談し始めた。なんて言ってんのか聞こえない。話が終わると何人かは苦い顔でその場を去った。ガークは手紙を書くと、残った2人の冒険者に渡した。

「バラバラに向かえ、死ぬ気で走れよ。手紙が無事に届いたら昇級させてやる」

冒険者の2人は手紙を受け取ると、緊張した表情でロワーの街方向に走り去った。ガークに聞けば、マルゲリータに手紙を送ったらしい。ここからならロワーの街まで数時間のランニングだと思うけど、これで昇級するなら私もやりたい。

「カエデはダメだ。次は金級になるからな」

「え？　ガーク、私の思考を読んだん？」

「顔に考えていることが全部出てやがんだよ、お前は。それより、身体に入ったという奇妙な魔力の源の現物は持ってるか？」

ガークは既に一度バッタの目の魔石で赤黒い魔石を確認していたが、大きな魔石を実際に確認したいと言う。

「ううん。あれね、掃除……じゃなくて浄化した」

「は？」

「だから浄――」

「今すぐ黙れ」

急にガークが声を低くしてそう命令すると、後ろから私兵の1人が声をかけてきた。ガークがこれでもかってほどの鋭い眼光を向けてきたので口を噤む。

(えぇぇ。もしかして浄化は何かの禁忌ワードなん？)

サメは何度も使ってたし、オジニャンコも特に躊躇もなく使っていたけど？

私兵と状況と後始末の話をするガークを黙って見つめる。私兵が去ると、辺りを何度も確認したガークが小声で言う。

「カエデ、付いてこい」

「ガーク、さっきからどうしたん？」

「いいから何も言わずに付いてきやがれ」

「ん。分かった」

冒険者や私兵から声が聞こえない位置まで来ると、ガークが声を抑え尋ねる。

「カエデ、浄化とは何か分かっているのか？」

「汚れを掃除すること」

「汚れではない。穢れだ。分かるだろ」

穢れ……しばらく考えてガークに返事をする。

「ごめん。穢れって何？」

「そこからか？」

「私も穢れの意味は分かっているって。目に見えない汚れでしょ？」

ガークが項垂れながらため息をつき、穢れについて説明する。穢れは不浄の魔力で侵される人や場所のことらしい。マジカルな汚れね。了解。

「穢れはそんな簡単に起きやしねぇ。魔力の高い魔物や人に穢れが発生するらしいが、その時は聖魔法を持つ聖職者数十人で浄化するって話だ。俺も実際には見たことはねぇが、それを浄化と呼ぶ。気軽に浄化という言葉を使うんじゃねぇ」

「えぇぇ。んー。じゃあ、掃除をしたでいいん？」

「お前のために忠告している」

というか、聖魔法って何？　そんな魔法まで存在しているん？　頭が盛大にファンタジーパンク中なんだけど。不思議水が聖魔法と同じ役割を担っているなら、ますます存在を隠した方がいいのは分かる。ここは素直にガークの忠告を受け入れる。深く考えても、知識がないので終着点がなさそうだし。

「うん。分かった。じゃあ魔石を掃除した」

「どうやって掃除した？」

「ポ、ポ、ポーションで。うん。ポーションで！」

満面の笑みでガークに答える。

「……お前、今、絶対嘘を付きやがっただろ。まぁ、いい。それなら、掃除したというポーションを見せろ」

「あー、もうない。さっきいっぱい使ったから」

不思議水はまだある。でも、出したくない。相手がガークだとしても、これ以上いろいろ詮索する権利なんてないし、私も全てを答える必要はない。ポーションと偽っている不思議水を出せば、絶対に死の森と結び付けられる。ごちゃごちゃ聞かれても、たぶんほとんどの質問に答えることはできないし、面倒なのは勘弁して。

ガークが眉間にシワを寄せ疑いの眼差しを向けるが、無視をする。

「顔面凶器だえ～」

ギンの言葉に笑いそうになったのを堪えると、ガークの顔が更に恐ろしくなる。そんな顔面凶器を向けても言いたくないことは言わないから。

「はぁ。分かった。もう聞かねぇが……そのポーションを私兵の前で使ったのなら、領主様に同じ質問をされるぞ。貴族への虚偽は罪になるからな」

「うん。でも、もう手元にはないから、ないって答えるしかないじゃん」

領主に聞かれようが、不思議水のことを答える予定はない。だって死の森に戻って採取して来いとか命令されそうじゃん？　あの森にはテロリストスライムがいるし、ノーノーノー。

「そうか。カエデの好きなようにしろ。俺は忠告したからな。今は怪我人がいるから他の奴らの元へ戻るが、話が終わったと思うなよ」

「えぇぇ」

ガークが呆れた顔で冒険者たちのいる方角へと歩き出したので後ろから付いていけば、急に止まったので背中にぶつかる。汗臭っ。

「カエデ、一つだけ答えてくれ。ポーションだと言い張るそれをショーンに与え、治したのか？」

「治ったの？」

「ああ、息子は今では毎日元気に走り回っている」

「よかったじゃん」

「ああ」

　ガークはそう振り向かずに短く返事をすると無言で再び歩き出したので、私も黙ってユキたちと共に後ろから付いていった。

　バッタ討伐はオジニャンコのおかげでとりあえず終了……たぶん。オジニャンコの宣言通り双眼鏡で見渡す限り、生存しているバッタは見当たらなかった。オハギは背中で丸くなって完全に惰眠(だみん)を貪(むさぼ)っている。これ、いつ起きるんだろ。起きろとツンツンと突けば、オハギから寝言が漏れる。
「オハギが倒す……の！」

一体なんの夢を見てるのやら。オハギが起きたらたくさん聞きたいことはあるけど、ちゃんとした答えはもらえなさそう。オハギもオジニャンコも自由だし……。

何が起こったのか理解できずに困惑する冒険者や私兵も多かった。でも、バッタが殲滅されたということは理解したようで歓喜の声を上げ喜んでいた。私もバッタの群れはもうずっと見なくていいや。

冒険者の傷の手当をしていたガークに尋ねる。

「このままロワーの街に戻るん？」

「俺はここに留まる。数人はすぐに動けるような状態じゃねぇしな」

賊のこともあるし、家族のことも気になっているはずだけど……ガークは全然そんな感じを見せることなく淡々と冒険者の怪我の処置をする。

時刻は17時25分、辺りは暗くなり始めている。

ここで他にやることもないし、銀級のタグの存続もあるので早くロワーの街に向かおうと思ったけど……夜間に走れば野原は蟲だろうしな。もう虫はお腹いっぱいなんだって！　今日は泊まって早朝に出発するか。私兵と冒険者がロワーの街への賊とかの知らせには向かってるし、バッタ竜巻やモンスターフラワーの計画は既に阻止されているし大丈夫、だよね？

「ガークはいつ街に戻る予定？」

「のちほど合流する私兵の状況、それからここにいる冒険者の怪我次第だな」

エミルたちか。今ここにいる私兵はエミルの中隊の一部だそうで、賊が紛れ込んだ話は既にガークより伝えられ1人1人の顔の確認も済んでいるそうだ。私は台車をぶっ飛ばしてきたけど、怪我人を抱えたエミルがここに到着するのはたぶん明日だよね。

「ん。私は明日、早くにここを出るから。あと……賊の目的ってロワーの街だったと思うんだけど」

冒険者の手当てを終え、手を拭くガークも頷く。同じ意見のようだ。

「ローカストの群れの動きは明らかにおかしかったからな。人の仕業っていうのは予想がついている。クソみたいなことしやがって」

ガークが静かに怒りを抑えながら言う。モンスターフラワーの話をするかどうか迷う。だってあれが妖精なら人には見えないし……あれ？　人には見えないけどオジニャンコのように強力な攻撃は可能って、妖精最強説じゃん？　あのモンスターフラワーがロワーの街に向かって破壊を始めても、妖精の見えない人は原因も分からずに対処のしようもなかったことになるよね？　めっちゃデンジャラスじゃん。

「街には多くの騎士や私兵、冒険者もいる。まぁ、それにギルド長やフェルナンド様もいるからな、心配はしてねぇよ」

「うん……」

「なんだ、急に静かになって」

　ガークに妖精の話をしようとしたが、他の冒険者に呼ばれてその場を離れてしまう。嫌だけど、この話は妖精の視えるマルゲリータにするしかない。嫌だけど、他に妖精視える人を知らないし。めっちゃ嫌だけど。

　テントをどこに張ろうかとウロウロすれば、炊き出しの調理を始めていた冒険者がいた。結構いい匂いがしたので足を止め鍋の中を見れば、鳥団子のスープを作っていた。そして、それはどう見ても味噌が入っていた。

「これ、何？」

　鍋を回す冒険者に声をかければ、寒気を感じる。なぜだか一瞬、すごい殺気を感じた。どこから？

「ああ、みんなに炊き出しをと思って」

　そう笑顔で答えたのは初めて見る中年の冒険者だった。辺りには冒険者や私兵が多く、殺気が誰から向けられたのか分からなかった。どこかに賊がまだいるん？

「結構、具材入れて凝ってるんだね。この茶色のスープは何？」

「ああ、料理は俺の趣味なんでね。これは、ガーザの近くの村で手に入れた調味料だ。美味いぞ。一口味見でもしてみるか？」

出されたスプーンに手を伸ばし止まる。

――拾い食いには気を付けよ。

急にオジニャンコの忠告が何度も頭の中でリピートされる。絶対、これ味噌なんだろうけど……やめとこ。

「ううん。大丈夫」

「そうか？　そりゃ、残念だな。おお、そうだ。悪いが少し鍋を見ててくれ。調味料の追加が必要だ」

男は強引にお玉を押し付けると、すぐに戻るとどこかへと行った。なんだか冒険者にしては腰が低くて違和感がある。なんだろう、この歯の間にゴマが詰まったような感じ。

ぐつぐつといい匂いがする鍋の中を覗くと吹きこぼれそうになったので、不思議水を足し調整をする。間違って結構水を入れたけど味が薄くなってそう……。別に不思議水入れる必要はなかったんだけど、他に水がないし。吹きこぼれたらさっきの男とその話で長居しなきゃならなくなりそうで面倒だった。

「おう、すまんすまん」

戻って来た男の手元にあるのは木箱に入った味噌だった。やっぱり味噌がちゃんとあるじゃん！　ロワーの市場で散々馬鹿にされたけどちゃんとあるじゃん、味噌。男に入手先を尋ねたかったけど、これ以上この男と会話をしたくない。このずっとニコニコしているのがすごい不気味なんだよね。

「見た目はあれだが味は絶品だ。ぜひ食って――」

「ん？　なに？」

男が話の途中で急に止まり、水の魔石のネックレスを驚いたように凝視する。あ、さっき水を足した時に出したままにしてたけど……こいつ、ギラギラと見過ぎじゃね？　視線が気持ち悪いので急いで服の中にネックレスを隠す。何？　狙ってんの？

「ああ。すまんな。綺麗なペンダントで思わず目が行ってしまった。俺も嫁にいつも綺麗な物をせがまれててな、それはどこで買ったのだ？」

「……これは知り合いから預かってるだけ」

「恋人か？」

「違うけど……私、もう行くから。じゃあね」

「お、おう。またな！」

無事に男の元を離れる。なんだか胡散臭い奴だった。冒険者って結局ああいう奴が多い。今まで手に入れたくて探していた味噌だけど、存在さえ確認できればそれでいい。別の方法で入手すればいいだけの話じゃん。

他の冒険者とは少し離れた場所にテントを張り、夕食を作る。今日は疲れたからブラッククローラーと野菜のスープにする。自分へのご褒美だ。ユキとうどんにも肉を与え、キャンプチェアに座り1人で夕食をとる。

「あー、ブラッククローラー最高」

もうこれの正体がなんだっていいや、美味しいし。

辺りが暗くなり始めると私兵が松明を燃やし、食事が配膳されているのが見えた。冒険者と私兵からは談笑が聞こえ、みんなバッタの脅威から解放されたことを喜んでいるようだった。

時刻は21時。私兵と冒険者が交代で夜番をするとガークが伝えに来る。

「必要なら私も見張りするけど？」

「ゆっくり寝ろ。今回の討伐はほぼカエデの功績だからな。じゃあな」

ガークが去ると、辺りを確認しに行っていたユキとうどんが戻ってきた。

「ユキちゃん、何かいた？」

ユキが考えるような素振りを見せる。これはもしかしたら賊の残党がどこかにいるのかもしれない。でもこの広大な場所で賊がどこに隠れているかなんか分からない。一晩中探す予定もない。来るなら来い。ここで待つ。それに、賊が近くにいたのなら、ユキも攻撃してただろうし。

「ユキちゃん、何か近くに来たら知らせて」

明日早いし、ユキに見張りをお願いする。一応、以前缶で作ったトリップワイヤーアラームは仕掛けている。位置は林の少し奥、隠れるのに最適な場所だ。賊もだけど冒険者も信用できない。

「ギンちゃん、お休み」

「お休みだえ〜」

ギンに栄養玉を与え、その後、気絶するようにすぐに眠りについた。

夜中、気配がして目を覚ますとユキの顔が目の前にあった。ちょ、ドアップなんだけど。どうやってテントに入ってきたん？

時計を見れば、時刻は1時過ぎ。

「ヴュー」

「何か来た？」

まだ完全に開いていない目を擦りながら、外を見て唸るユキの横でスパキラ剣を持つ。面倒事が来たか。就寝前に感じたユキの様子から何か動きはあると思ったけど、なんで夜中に来るん？　やめて。睡眠が足りないんだけど。ユキがこじ開けたジッパー式のテントの入り口から外を確認しようとしたら、目の前にうどんの尻があった。

「ちょっ、邪魔」

ペチンとうどんの尻を叩き移動させて辺りを確認する。ちょうど、松明の灯りの下で私兵の1人が大口を開けて欠伸をしていた。賊の襲撃とかではなさそう。

何か動物でも外にいた？　仕掛けたアラームが鳴るのは聞こえていないけど、もしかしてユキには何か別の音が聞こえたのかもしれない。トイレも行きたいし、テントを出て仕掛けたアラームの周辺を確認しに行く。

「――準備……効きはまだな――をやれ」

ん？　林の中に誰かいるん？　アラームを仕掛けた近くでコソコソと何か人の声が聞こえた。賊？　ヘッドライトを消し腰を低くしながら、ゆっくりと声の聞こえる方へと進む。

――パチン。

あー、しまった。眠さもあって注意力の低さから足元の小枝を踏んで音を立ててしまう。馬鹿じゃん。

「誰だ！」

低い声と共にすぐに殺気を感じた。頭に付けていたヘッドライトを点ければ、調理をしていた中年の冒険者がそこにいた。ムズムズと背中にいるオハギが動いたような気がしたけど、起きる気配はない。中年の冒険者は、私を見ると急に表情を変え満面の笑みになった。

「ああ、あんたか。黒煙のカエデさん。活躍は冒険者に聞いたよ」

「そんな名前じゃないけど、ここで何してたん？」

「今日の調理のカスを捨てていただけだ」

「こんな場所で？　こんな暗い中？」

「結構な量が出たからな。こんなカスを近くに捨てられたら、みんなに迷惑だろ」

手元に持っている物を見れば確かに袋のようだけど、こんな夜中にカスを捨てるのもだけど
……冒険者が他人の迷惑考えるとか絶対嘘じゃん。それに顔は笑顔だけど、ずっと殺気がダダ
洩れなんだって！

「そうなんだ」

「ああ、カエデ――」

中年の冒険者の言葉の途中で、アラームの缶がカランカランとぶつかる音が聞こえる。同時
にスパキラ剣が勝手に鞘から飛び出し、顔の前に構えると甲高い金属音が響いた。あ！　今、
こいつに何か投げられた！

「危ないし！」

「なんだ。首を斬り落とすつもりでナイフを投げたのだがな」

スパキラ剣がいなかったら、カエデ終了してたじゃん。スパキラ剣に感謝しながらギュッとグリップを握るとカタカタと闘志を燃やすように揺れる。

「卑怯じゃね？」

「ははは。殺しに卑怯とかないだろ。だが……さすが、銀級だけのことはあるな。こちらの情報が間違っていたようだぜ」

中年の冒険者がやれやれと肩を竦める。サメも私の誤った情報を聞いたというようなことを言っていたけど、それって同じカイからの偽情報？ 考えてみれば、人前で石バンバンをあまり使用していないので知らなかったのだろう。石バンバンを使った敵はほとんど死んでるし。

それより……こいつが冒険者に紛れていたのなら——

「ユキちゃん、吠えて。ギン、黄色の魔石棒を出して！」

ユキの遠吠えを肌にピリピリと感じると、棒に巻き付けていた黄色の光の魔石を上空へ向け光を放つ。集めていた光が木々を抜け空へと映ると、辺りが明るくなった。ガークたちへの信号弾だ。こいつ絶対1人じゃないだろうし、野営の場所にも絶対賊が向かうはずじゃん。

案の定、光を放つと林の中に隠れていたフードを被った3人、それから賊っぽい男女が現れる。フードの1人はとても身長が低い。子供？ 子供も賊やってんの？ どのフードも顔がはっきりとは見えない。

「臭いだえ～」

「誰が？」

「フードがみんな臭いだえ～」

えぇぇ。またゾンビ？　もうこれ異世界ホラーじゃん！

地面に置いた光の魔石から照らされている光のおかげで、中年の冒険者の醜く笑う歪んだ顔がよく見える。汚い顔、やめて。

「ははは。律儀に他の奴らに知らせたのか？　残念だが俺は平等な戦いはしない。今頃全員瀕死だろうな。お前に助けは来ないぜ」

「は？　何を言ってんの？」

楽しそうに腹を抱えて笑う中年の冒険者……いや、こいつはもう賊だ。

「お前だけが俺のスープを飲まなかったが……他の間抜けどもは美味い美味いと食ってたからな。自分たちがどうなるかも知らずにな」

「スープに何か入れたん？」

男を睨みながら尋ねれば、ヘラヘラと笑いながら口を開く。

「ゆっくり身体の自由を奪う毒だ。今回、この計画を練るのにどれほどの時間がかかったと思う？　それを邪魔されて、せっかくの俺の美徳を踏みにじられた仕返しだ。毒はゆっくり回り、やがて耳のみが機能する。その耳に聞こえるよう1匹ずつ綺麗に首を斬ってやるよ」

「何それ、めっちゃ趣味悪いし」

何、こいつ。気持ち悪い。美徳って……使い方違くね？　さっきからずっとヘラヘラと笑って……なんだかその楽しそうな顔が妙に癇に障る。スープって、こいつが味噌で作ってたあれか……よかった、オジニャンコのアドバイス通り食べなくて。

あれ？　でもあのスープだったら吹きこぼれをした時に確か結構な量の不思議水を入れてたじゃん。ナイス、数時間前の私。頷きながら喜んでたら、何を勘違いしたのか中年の冒険者が私を慰め始める。

「ああ、悲しいよな。心配するな。お前にはゆっくり苦しみながら死んでもらうから。お前は死んだとの情報だったからな。今回、生きてると聞いてどれほどに俺が喜んだか分かるか？やっと妹を殺した奴の面を身体から引き千切ることができるぜ」

「妹……？　あ、ク、イルゼのこと？」

「気安くその名前を呼ぶなよ。俺はこれでも家族は大切にするので有名なんだぜ。俺の私物に手を出したお前が生きているのは俺の美学に反する」

「私物って……それ家族じゃなく物じゃん」

「何が違う？」

まだ辺りに明るさが残る間に、クズ発言をする男の顔をもう一度じっくりと見る。以前、フェルナンドに見せてもらった人相書のクイーンイルゼの兄マルクスとは全然違う顔じゃん。こいつ、本当にマルクスなん？　なんか人相書もどこにでもいる顔だったけど……目の前にいる自称マルクスもモブ男だ。

「人相書と顔が全然違うくね？」

「ああ、あれか。俺の美学に反するがおかげ様でこうして冒険者の野営にも潜り込むことができる。素晴らしいだろう？」

美学美徳うるさいって。マルクスならカエデ殺害リストのトップにいるので、遠慮なんかいらない。なんか美徳や私の首をどう斬るか語り出したマルクスに真顔で攻撃をする。

「石バンバン」

マルクスを無数の石バンバンで攻撃すると、隣にいた長身のフードの奴が身を挺して石の攻撃を受けた。フードが落ちるとカイよりも進行した黒い血管が顔に浮き出た女が現れた。やっぱりゾンビだったし。

「あが、あが、あが」

女は何かを言おうと首のチョーカーを掻きむしりながら地面へと倒れ、カクカクと動く。何度も立ち上がろうとしたが、そのまま動かなくなった。後ろにいた賊の１人が棒を背中に刺し

赤黒い魔石を掬うと、魔石もゾンビの女もボロボロと崩れていった。たぶん死んだのだと思う。特にフードのゾンビ女が誰かは知らなかったが、なんだか敵でないような気がして少し胸がチクリとした。

地面に横たわる人だった遺体の残りを蹴りながら、マルクスが舌打ちをする。

「中途半端な役立たずが」

見れば、石バンバンが1つだけマルクスの肩に命中していた。ざまぁ。負傷部分を見ながら口角を上げると、マルクスから殺気を感じた。もう何回も感じている殺気なんか無意味だから。

「今度は外さないから」

「はは。俺が話していた間にずる賢く詠唱してやがったのか……」

全然そんなことはしていないけど、確かに美徳の話はほぼ聞いていなかった。適当に返事をする。

「そうそう。美徳がなんちゃらの時」

「はは……まったく生意気な小娘だぜ。魔法の情報は間違っていたが、結局はその犬どもがいなければ、ただの土魔法を使う冒険者だろ」

ユキとうどんが歯を見せながら威嚇すると、マルクスがユキたちに向かって何か瓶を投げつける。

「石バンバン」

石の攻撃を瓶に当てユキたちから逸らしたのはいいが……割れた瓶から、辺りにモクモクと白い煙が立った。何これ！　毒？　急いで口をタオルで覆う。

「キャンキャン」

うどんの苦しそうな声が聞こえたと思ったら、急激に目が痛くなる。えぇぇ、これ、最悪じゃん。涙と鼻水が止まらない。痛い痛い。何これ、毒薬激辛煙？　本気で目が痛いって。やばい、視界が完全に塞がれた。目を開けたまま不思議水を顔から被るとだいぶ楽になった。

「キャウーン」

うどんの鳴き声は聞こえるけど、煙でどこにいるのか判断できない。

スパキラ剣が再び勝手に動き首元に立つと、鈍い音がした。ああ、もう！　また首を狙われた。この煙の中、的確に首を狙っている。向こうからは私が見えてるんだ。まずい、この状況はよくない。なんでどこにいるのかがバレてるん？　一旦、逃げる？

ギンが額を指しながら言う。

「頭キラキラだえ〜」

「ああ、もう！　馬鹿じゃん」

ヘッドライトを消し、数歩下がるとユキとうどんの感触が背中にした。ユキもうどんもこの煙のせいで視界が塞がれている。たぶん、2匹には私以上にこの煙が効いているはずだ。2匹の顔に不思議水をかけると、ユキと目が合う。やばい……これ、すんごくブチ切れてる時の目じゃん。

「ユキ、今は抑えて！」

2匹とも発光してるから的になるだけだ。一旦、2匹には離れてもらう。あのナイフの攻撃はスパキラ剣だから防げてるだけで……臭覚や視界を塞がれたまま攻撃を何度も受ければ、ユキもうどんも危険だ。

「ユキ！　うどん！　下がって！」

「ヴュー」

「大丈夫だから」

ユキを強く押すと、理解してくれたのか、うどんと白い煙の中から走り去っていった。これで手当たり次第攻撃ができる。あんな卑怯な攻撃をユキたちにしやがって……絶対許さない。風の杖で白い煙を切りながら分散させ、辺りの木も一緒に切り落とす。クッ、涙が止まらない。

「カエデ～」

涙ぐむ私を不安そうにギンが見つめる。身体はなんともない。かなり迷惑な煙ではあるけど、どうやら毒ではなさそう。

「大丈夫、もう痛くないから」

「ギンの胞子だえ～」

フリフリと尻ダンスを始めたギンから淡く光る胞子がポツポツと飛び出すと、身体に吸収されていった。なんだか思考がはっきりして力が湧く。更に力いっぱい風の杖を振る。

「おらおら！　こんな煙なんかでユキとうどんを攻撃しやがって」

煙が引くと、先ほどまでいた場所にマルクスはいない。逃げた？　ううん、殺気は感じるから、まだ近くにいるはず。

「不意打ちして隠れるのが、自分が言う美徳なん？　とんだゴミみたいな美徳じゃね？」

鈍い金属音が何度もする。また何かを投げている。マルクスが卑怯者だってことはよく分かった。でも、そんな卑怯な攻撃なんかスパキラ剣には効かないんだって！　スパキラ剣もノリノリで左右に身体を振り、今か今かと次の攻撃を待っている。

「出てこいって！　クソ美徳野郎！」

連続して当たれ当たれと交互に風の刃と石バンバンで辺りを無差別に攻撃する。人を抉るような音と叫び声が数回するが、マルクスなのかその他なのか分からない。投げる物が尽きたのか攻撃が止み、マルクスが一番小柄のフードを掴み現れる。隣には長身のフードもカクカクと身体を動かしながら並ぶ。辺りにする血の臭いから男女の賊は私の攻撃が当たったんだと思う。

「ようやく出てくる気になったん？」

「お前は強い。それは分かった。まさか風魔法まで操れるとは。あとで情報屋を殺さないとな」

カイだけじゃなくて情報屋ってところから私の情報を仕入れたってこと？　大した情報じゃなかったみたいだけど……普通に怖いし。

掴んでいる子供は相変わらずフードで顔は見えないけど、大きさから10歳くらいの子供だと思う。まぁ、この世界見た目が全てでないとホブゴブリンたちから学んだので、あれが子供なのかは分からないけど。子供の足首には先ほど死んだ女が着けていたチョーカーとお揃いのゴールドブラスに魔石が埋め込んであるアクセサリーが着いている。

マルクスが勝ち誇ったような顔で笑ったので、速攻石バンバンで攻撃する。なんか、あの顔がすごいイラつくんだよね。イライラしていた気持ちはギンに撫でられると少し落ち着いた。

今度こそ攻撃はマルクスの頭を貫通したと思ったのに、貫通したのは長身フードの腕だった。マルクスは地面に伏せギリギリで避けたようだ。盛大に舌打ちをする。フードたちがさっきから邪魔なんだけど。先ほどの攻撃で長身フードの顔が露わになる。顔の全体に黒く浮き上がる血管のせいでかろうじて目の位置がどこにあるか分かる程度のフードの男、さっきの女よりもゾンビ化が進んでいる。首元には例のお揃いアクセサリーが見えた。

（もう人の気配がしないじゃん……）

カイや死んだフードの女に感じていた人の部分を全く感じない。試しにフードの男の左肩に石バンバンを打ち込むと腕がもげ、地面へと落ちてもフードの男は何もなかったかのようにその場に立ったままだった。あれはもう人じゃないじゃん。

マルクスは起き上がると、子供の腕を引っ張り大声で怒鳴る。

「おいおい、お前！　この状況を分かっているのか？」

「は？　何が？」

「こちらには、人質の子供がいるということだ。見れば分かるだろ。頭が悪いのか？」

「で？」

「は？」

マルクスが困惑した顔をする。いや、私だって状況は分かっている。決して子供を助けたくないとかいうサイコパスじゃないから。でも、あの子供は特に違和感あるんだよね。生きてるのを感じないというか、カクカクすらもしていない。それに、マルクスが本当に一瞬だったけど子供を触るのを躊躇した。最近迷惑なことにやたらと悪党とゾンビに出くわす機会があるんで分かる。この感じ、あの子供っぽいのも何かある。ギンも臭いって言ってるし、ゾンビだとは思う。どちらにしても純粋にただの子供でないのは確か。あー、やだやだ。子供ゾンビとか、この世界がつらい。

「なんか勘違いしているみたいだけど、別に私は正義の味方じゃないし。なんで私がそのお子様を助ける必要があるん？」

「なんだと……」

マルクスから「子供には甘いという話だったが――」と独り言が聞こえた。

（ああ、情報屋から双子やダリアとバンズの話を聞いていたのか）

別に双子に特別甘くしてたつもりはなかった……確かに情は湧いているけど。それに、ホブゴブリン姉弟に至っては私より年上なんだけど。というか、いつから情報屋に見張られてたん？本当に怖いんだけど。

とりあえず、マルクスを殺そう。長身フードゾンビとゾンビ子供の処遇は未定……助けられるならそうするけど、危ないなら全員を斬る予定しかない。カエデ第一だから。

「もう話は終わりで、じゃあね」

「ま、待て――」

マルクスから初めて垣間見えた恐怖を無視して石バンバンを打ち込もうとしたら、横から飛んできた燃える剣がマルクスの足元に刺さり燃え上がる。

「おい、なんだこの火は！」

火が自分に燃え移るのを避けたマルクスが、子供を地面へ投げ捨てる。あの火の剣、ガークのじゃん。

「カエデ！　無事か！」

飛び込んできたガーク……すんごい邪魔なんだけど。だって、絶対――

「子供を人質に取るとは卑怯者が！」

ガークが大声で叫ぶ。あー、ほらやっぱり。

ガークの火の剣が燃え上がり、子供が地面へ落ちる前に一瞬だけ顔が見えた……あれはたぶんもう手遅れだ。もう顔の原型がないほど黒い血管が全てを覆っていた。

一瞬で状況を判断したマルクスは転がっていた子供を抱き寄せ、咽せるように言う。

「は、はは。そうだ、武器を捨てろ。特にお前だ、カエデ。お前は武器を今すぐ地面に捨てろ」

ガークを見れば、言うこと聞けという視線が刺さる。ガークは何しに来たん？　子供に甘いのは私じゃなくてガークだし。全然助っ人になってないし。スパキラ剣を撫でると少し熱くなっている。スパキラ剣を地面に投げたところで、私以外は誰も拾うことはできない。なんなら手元に自分で返ってくる。心配なんかしていない。

「少しの間だけね。スパキラ剣、よろしく」

小声でそう言うと、スパキラ剣を地面へ投げた。ガークは既に火の出る剣を投げていたけど、腰に差していた剣を地面へと投げる。その表情に焦りはなく余裕が見えた。隣にいた長身フードゾンビに武器を拾うように命令するマルクスを睨みながら、ガークが言う。

「武器は捨てたぞ。子供を離してやれ」

「そうそう。初めからそうしろ――待て、なぜお前は動いていられる？」

口角を上げニヤ付いていたマルクスが、すぐに困惑した表情でガークに尋ねた。ガークもマルクスの疑問が分からず、眉を顰める。

「なんの話だ？」

ガークは自分の食べたスープが毒されていたって知らないから、互いに何を言っているのだ、こいつはって顔をしている。原因は不思議水なんだけど、説明がややこしいのでしない。

「どういうことだ？　おい、早く武器を回収しろ！」

スパキラ剣を拾えずにもたつく隻腕（せきわん）になった長身フードゾンビに怒鳴り始めたマルクスだけど、スパキラ剣はあの怪力のサダコでさえ持ち上げることすらできなかったから無理だって。

案の定、長身フードゾンビが無理に引っ張ったせいで残っていた腕もスパキラ剣を握ったまま取れてしまう。ボロボロじゃん……。

「何してやがる。早くしろ！」

「腕両方ないし拾えないって。もう、諦めたら？」

シリアスな場面のはずだけど、このグダグダ感がなんだかおかしくなる。

「何を笑っている？　この子供がどうなってもいいのか！」

「別にどうなろうがいいって伝えたじゃん。覚えてないん？　それにその子供って助けたところでもう手遅れなんじゃない？」

マルクスの無言と焦った表情から、子供はもう助からないのだと理解する。マルクスが子供を抱えジリジリと一歩一歩下がり始めたが、逃がさない。

「カエデ、まだ待て」

「ん。無理」

ガークの制止を無視して走り出す。マルクス、どう考えても完全に逃げる気だし。まずはまだ剣を拾おうとする長身フードゾンビを蹴り上げ、地面にいたスパキラ剣を呼ぶ。

「スパキラ剣、いくよ」

地面から飛んできたゾンビ腕付きスパキラ剣をキャッチ、ぐへぇぇ。

両腕がないままこちらに突進する長身フードゾンビの足に、どこからともなく現れたうどんが噛み付く。白い煙はほぼ消えたし、これなら2匹も大丈夫だよね。

「ナイス、うどん」

うどんが足止めしている間に長身フードゾンビの首を斬り落とす。終わった？　スパキラ剣からゾンビ腕を引き離し地面へ投げると、ユキの唸り声が聞こえた。

「えぇぇ。まだ動けんの？」

首無し腕ナシの長身フードゾンビはなぜか私ではなくマルクスの方を見ている。顔はないけど、すごい憎悪を感じる。

「お前！　余計なことをしやがって！」

マルクスが叫び出す。ん？　余計なことって？　斬り落とした長身ゾンビの首を確認……少しの間ピクピクと動いてたがボロボロと崩れ落ち、魔石の取れたチョーカーだけが残った。チョーカーをトングで拾いマルクスに見せる。

「これのこと？」

「何をしたのか分かっているのか……」

いや、何かしたのは自分じゃん。そう罵る前に、私とマルクスのいる方角に走り出した長身フードゾンビをガークが地面に落としていた剣を拾い半分に切る。ナイス、ガーク！

上半身だけになっても動く長身フードゾンビにスパキラ剣を槍のように構え、そのまま投げる。スパキラ剣が奴の心臓に突き刺さると、背中から飛び出した赤黒い魔石が、砕け落ちる。赤黒い魔石が壊れると長身フードゾンビもボロボロと崩れ始める。地面に散らばる砕けた魔石を凝視する。浄化もしてないのに……これ、キャパ超えで砕けたん？　ううん。今はそんなこと考えている時間はない。

「スパキラ剣！」

呼べばすぐに飛んできたスパキラ剣を握ると、そのままマルクスに斬りかかる。マルクスは子供を盾にしてスパキラ剣を防ごうとしたが、構わず剣を振り子供と共にマルクスの左腕を斬り落とす。

「ぐわぁぁぁぁ。クッ、お前――クソがっ」

苦しむマルクスに止めを刺そうと剣を振り上げると、足元でカチっと音がした。地面を見れば先ほど斬ったはずの子供が足を引っ張る。ちょっ、何これ、完全にホラーじゃん！　足首を見れば、あのお揃いのアクセサリーが巻き付いていた。

「えぇぇ。何、これ」

足を握る子供を蹴ると木にぶつかってすぐに立ち上がった。フードは完全に取れ、黒く禍々しい全身を覆う血管がドクドクと脈を打つのが、この暗さの中でも分かった。四つん這いになり木の上に登っていく子供の動きは、まるで蜘蛛(くも)のようだ。

「おい！　なんだ、あれは！」

ガークが裏返った声で叫ぶ。

「たぶん、ゾンビ？」

「待て待て、カエデが言っていたぞんびというものとは全く違うじゃねぇか。あんな蜘蛛の魔物だとは聞いてねぇ！」

　ギンから出した剣をガークに投げる。持っている曲がった剣だけでは心許ないと思う。

「ガーク、これ使って。子供の相手よろしく！　ユキ、うどん、ガークをよろしく！」

　子供好きのガークに蜘蛛を任せてマルクスに剣を向けると、腕にポーションのようなものをかけながら笑い出す。

「カエデ、手間かけさせやがって、これでお前も終わりだな」

「何が？」

「足首のそれだ。感じるだろ、魔力が吸われるのを。もうすぐ俺なしには息もできなくなる。魔力が多いほど苦しみも大きい」

「えぇぇ、これ、そんなことができるん？」

　じゃあ、やっぱり最初に死んだ女性は自分の意思に反して動かされていたんだ。残りのフードゾンビたちも人としての尊厳を失ったあともマルクスに従わされてたのか……胸糞悪いんだけど。マルクスを殺したいという感情で頭がいっぱいになる。今日はなんだか感情のコントロールが上手くできない。

「オハギが怒ってるだえ～」

　オハギが怒っている？　これってオハギの感情なん？　そういえば、迷いの森でもミールの感情に左右されたことがあった。オジニャンコは赤黒い魔石を悍ましいと言っていたから、その感情？　分からないけど、マルクスの顔を見るとイライラが募る。ギンにヨシヨシされると落ち着くけど。

「そろそろ苦しくなり始めただろ。息のできないお前が俺に土下座して嘆願するのが楽しみだぜ」

また土下座の話？　この土下座文化を持ち込んだキヨシの罪は重い。マルクスは薄っすら笑いながら今か今かと待っているけど、正直全く苦しくない。魔力なんか吸われている気配は――

（あ、カエデちゃんはマジカルパワーゼロじゃん）

そもそも吸う魔力がないじゃん！　足首に巻きついた金色の飾りはよく見れば赤色の魔石も付いていた。うげぇぇ。

「お前もあいつらのように化け物にしてやる。魔力が多ければ他みたいに壊れはしないだろ。だが、その前にそのペンダントをどうやって手に入れたのかを言え」

は？　ここに来てまたネックレスの魔道具の話をするん？

「預かり物って言ったじゃん。なんでネックレスのことを何度も聞くん？」

「嘘を付くな。どこで手に入れた？」

「なんで？」

暗いが後ろでガークがゾンビ子供蜘蛛に苦戦しているのが聞こえる。ユキが放った氷柱の攻撃も楽々と避けられているようだ。

マルクスが先ほどから何度もチラチラと懐に視線をやっているのが分かる。またナイフ？

マルクスに切りかかると小瓶を盾にしたのでスパキラ剣を止め、数歩ジャンプして下がる。

「ネックレスは誰から預かった？」

「人」

「……お前がおかしいのは分かった。すぐにその減らず口を縫ってやるぜ」

「石バンバン」

石の攻撃が足に命中、時間を置かずにマルクスに石バンバンで追い打ちをする。膝を突きながら肩を揺らすマルクスは何かを口に含み一気に飲む。またポーション？

一気に片を付けようとスパキラ剣でマルクスを刺すと、勢いで一緒に地面を転がる。口の中に入った土を吐き捨て、地面に転がったままでまた何かを口に含もうとするマルクスの首を絞めスパキラ剣を上げると、斬り落とした腕の傷口の異変に気付く。

「治ってるじゃん」

以前オスカーの足の親指を切り落とした時と同じように、マルクスの腕の傷口が塞がり始めていた。これ、ポーションの効果……なん？　マルクスが左手に持っている物を見れば水の魔石だ。これ、もしかしたら不思議水じゃね？

「まだそんな元気があるのか。よっぽど高い魔力を……待て、なぜ、光っていない」

首からかけていた紐に通した数本の棒みたいな物を見ながらマルクスが目を丸くして驚いているが、この棒は何？　数本の棒のうち1本だけが強く赤く光っているけど。

「何、これ？」

「どういうことだ……魔力が集まっていない？　いや、まさか」

ああ、そういうことか。詳しいことは知らないけど、金色の飾りからこの棒に魔力を集めてゾンビを操ってんのか。フッと笑う。今日ほどマジカルパワーゼロに感謝した日はない。

「うんうん。気付いた？　私、マジカルパワーゼロだから。今度は私が質問する番。この水の魔石って死の森にある湖の水なん？　なんだっけ……『奇跡の泉』だ。それなん？」

「はっ。やはりそうか。あいつが生きてやがるのか。貫かれて死んだと思ったが」

「ん？　あいつ？」

貫かれて死んだ……こいつ、もしかしてあの湖の近くの遺体のことを言ってんの？　気になるけど、こいつを生かすほどは気にならない。マルクスの首を片手で締めたままスパキラ剣を上げると、花火のような光が空に放たれたのが見えた。

「どけ、小娘が！」

　一瞬空を見上げた隙に、マルクスに蹴られ地面を転がる。すぐに起き上がりマルクスの居場所を探すが辺りは暗い。頭のヘッドライトも乱闘の時に取れてるし。マルクスはどこだ。また隠れたん？　この暗い中、どこにいるか分からない。

「カエデ～、それそれ」

　ギンに言われて初めて手に何かを持っていることに気付く。これってマルクスが首からかけていた棒の付いた紐じゃん。さっき蹴られた勢いで千切れたのか。これがこの足首のアクセサリーと直結しているのならば……使えるんじゃね？

「カエデ～、あれあれ」

　地面に落ちていたマルクスの持っていた水の魔石を拾う。

　長身フードゾンビは首輪が取れるとマルクスに憎悪を向けた。ゾンビに感情があるか分からないけど、あれは痛めつけられたことへの動物的な恨みに近いと思う。それならば……これでもかというほどに口角を上げる。

「これ、壊せばいいんじゃね」

　棒の付いた紐を地面に落とし、スパキラ剣で落ちた棒を叩く、叩く、叩く。バキバキに棒が割れると足に付けられていたアクセサリーからカチっと聞こえ、緩くなるとずるりと落ちた。

赤く光っていた棒も光も消えていた。

　隠れていたマルクスが勢いよく現れる。

「お、お前！　まさかあれを割ったのか。何をしたのか分かっているのか……」

「お、出てきたじゃん」

「お前、本物の馬鹿だろ。狂ってやがるぜ」

「失礼じゃね？　狂ってるのは自分じゃん」

　趣味が首切りの奴に言われたくない。スパキラ剣を構えると光の花火が今度は数回上がる。それを見たマルクスは舌打ちをするとすぐに走り出した。ちょっ、逃げ足が速くね？　石バンバンの攻撃、さらにスパキラ剣で刺したのにまだあんなに動けんの？　すごくない？　不思議水がね。マルクスじゃなくて。

「逃がさないって」

　マルクスを追いかけ暗い林の中を走る。ガサガサと逃げる音はする。もう少しで追いつく。あと少し。

「カエデ～、臭いの来るだえ～」

　ギンが後ろを見ながら言う。後方の木が激しく揺れ、カタカタと喉を鳴らすような音が聞こえたので止まり振り返る。

どんどん遠ざかり、静かな林の中で自分の呼吸音だけが聞こえる。
「近いだえ～」
スパキラ剣を構えるとカタカタ音は止まるが、暗くて何も見えない。マルクスが逃げる音が
「近いの？」

——ギ、カタカタ

静かな中、鳴り響く音……これ、絶対あの子供の蜘蛛ゾンビがいるし。
（はいホラー、はいホラー、はいホラー）
自分を落ち着かせるために何度も頭の中で繰り返す。スパキラ剣が勝手に動き上を向けば、
黒い影が頭上に落ちて来るのが見えた。ぎょえぇぇ、やばい！
「ガウゥガァ」
「ユキちゃん！」
茂みから飛んできたユキの爪で払われた影はゴロゴロと転がり立ち上がる。うん。予想通り
子供蜘蛛ゾンビだった。その姿は最初に見た時より小さい人型に変わると、少しだけこちらを
観察して、興味を失ったように私の存在は放置してあちこち臭いを嗅ぎ始めた。カクカクと動
きながら首を真逆に回転させせると、ピタリと止まり急に走り出した。
「えぇぇ。ユキちゃん、追いかけるよ」

もちろん自ら蜘蛛ゾンビに飛び込みたいわけじゃないけど、方角的にたぶん狙いはマルクスだと思う。マルクスはここで完全に始末したいから追いかけているだけだ。

ユキに乗り、蜘蛛ゾンビを追跡する。後ろからはうどんの追ってくる姿も確認する。うどんも無事でよかった。

しばらく走ると広い場所に出た。そこには薄暗いが確認できるマルクス、蜘蛛ゾンビ、それから川が流れている音がする。マルクスが立っている崖の後ろは川だ。月の光に照らされた蜘蛛ゾンビは身長が低くなったのではなく両足を失い、両手だけで身体を支えていた。ガークとの闘いで失くしたのだろう。

「俺を追い詰めたとでも思っているのか？」

マルクスをユキの上から無言で見下ろす。

「はは、返事もなしか、カエデ」

マルクスが息を切らしながら言う。

「ああ、私に話してんの？　蜘蛛ゾンビに言っているかと思った」

だって、ずっとそっちを見てるし。

「はっ。こいつにか？　これはただの化物だ。人の言葉など理解できないただの物だ」

「言葉を話せなくとも……嫌いって感情はあるんじゃね？」

蜘蛛ゾンビは、どう見てもさっきからずっとマルクスを獲物と認定してるじゃん。私のことなんか見てもいない。カタカタと喉を鳴らしながらマルクスに集中する蜘蛛ゾンビは、何かを待っているようだった。

マルクスが胸元を弄りながら焦った顔で何かを探す。

「これを探してんの？」

拾った水の魔石を見せると、マルクスが大声で叫ぶ。

「金だ」

「は？」

「欲しいだろ、金」

マルクスの言葉に少し考え微笑む。

「うん。お金は大事」

「はは、そうだぜ。そうこないと。それなら――」

「でもこの世界のお金を全部集めても、お前を助ける価値なくない？」

「そ、それなら情報だ。この騒動の黒幕の情報だ」

林の中からガサガサと音が聞こえると、蜘蛛ゾンビの後ろ足が走りながら現れる。もう怖いって！

蜘蛛ゾンビの足を見たマルクスが声を裏返しながら言う。

「そのペンダントの本来の持ち主は絶対に欲しい情報だぜ」

蜘蛛ゾンビの足が胴体と融合し始める。これ殺せる？　不死身じゃね？

「おい！　聞いてやがるか。セオドリックなら絶対あいつを恨んでるだろ！」

セオドリック？　誰？　あの遺体の人の名前？　足元に触れる感触がして下を見れば、オハギが目覚め、座りながらマルクスを鋭い目つきで見ていた。

「オハギ……ううん。オジニャンコ？」

【そうだ】

「起きたん？」

【まだだ。だが、未届けに来た】

何を？　と尋ねたけど、オジニャンコはマルクスから視線を逸らすことなく静かに見つめるだけだった。

「何を1人で話してやが――ああ、ああ、そうか、そうだったのか。お前も『視える』奴だったのか。いや魔力もないのに……そうか、お前もあいつと同じ魔人か。化け物が」

吐き捨てるように言うマルクス。また魔人認定されてるし、やめて。

「魔人じゃないし。大体、魔人とか知らないし」

「知らない？　まだ知らないだけだ。それなら、情報は尚更必要だろ。助けろ。好きなだけ情報をやる」

しゃっくりをするように笑いながら言うマルクスの視線は、ずっと蜘蛛ゾンビに向いている。蜘蛛ゾンビの足との融合はほぼ終了したように見える。カクカクとしながらジリジリとマルクスの元に一歩ずつ向かい始める。

湖の遺体から預かっているネックレスの情報なら確かに探していた。でも……マルクスを見ながら手を振る。

「今、お前が死ぬ以上に欲してるものないし、バイバイ」

蜘蛛ゾンビが走り出し、マルクスに抱き着く。マルクスの首の一部を噛みちぎると、胸元に腕を貫通させた。マルクスの背中と首からは血しぶきが飛び、そのまま2人共崖から落ちていった。

「あ！　石バンバン」

マルクスの頭に狙いを定め、石バンバンを放つ。暗いが鈍い音がしたので何かに当たったと思う。たぶん。川に落ちる音が聞こえ、崖の上から双眼鏡で下を確認するが、暗くて生死の確認ができない。川まで結構な距離だけど……。隣にいるオジニャンコに尋ねる。

「あれ死んだと思う？」

【知らぬ。寝る】

そう言うとオジニャンコは背中で丸くなり、声をかけても無反応だった。完全に寝てるし、このニャンコ自由過ぎじゃない？

ふと崖から見えた東雲の空をしばらく眺め、深呼吸をする。

「すんごい疲れたんだけど！」

5章　領主邸へ

　早朝から数人の冒険者と私兵がマルクスたちの落ちた川を捜索しているけど、マルクスの遺体も蜘蛛ゾンビも発見には至っていないようだ。これから数日、エミルと合流して広範囲に探すとガークは言っているけど……川はどうやらとても長いらしい。正直、何も見つからないのではないかと思う。最後に頭を狙って石バンバンしたし、あの最後の貫き……。あれは致命傷だ。生きている可能性は低いと思う。生きていたとしてもあの怪我ではもって数日じゃね？

　昨夜はあのあと、崖の上で欠伸をしていたらガークと私兵たちがやってきた。

「カエデ！　無事か！　化け物はどこだ！」

「ん。マルクスと崖から落ちていったよ」

　辺りが明るくなり始めた崖の上からガークが川を見ながら尋ねる。

「この高さ、生きて――って待て。マルクスってなんだ？」

「あの賊の名前」

「『首残しのウルフ』賊首マルクスのことか？　あの男は面が違うだろ」

「自分でそう言っていたけど？　人相書は別人だって。あ、これって賞金は出るの？」

「マルクスだと証明できないなら無理だろ」

「えぇぇ」

がっくりと項垂れる。マルクスはイルゼの数倍の懸賞金が付いているのに！

「そんなに悲観するな。領主様から何かいただけるかもしれないぞ」

ガークが言うには私の知らせた光の信号を捉えた私兵が騒ぎ、全員が目覚めたおかげで1人も死なずに野営地を襲った賊を討伐できたという。それに加え、エミルの隊にいた賊の発見で領主から感謝の金一封があるかもしれないという。

「そうなんだ。お金は結構あるけど、もらえるならもらう」

野営中の冒険者と私兵を襲ってきた賊の数は少なく、捕らえた者は毒で動けないはずだったのにと恨み言を漏らしていたらしい。

「マルクスだとカエデが言う男も俺が動いていることに驚いていたな。毒とはなんのことだ？」

「さぁ、知らない。ガークもこれを機に拾い食いは気を付けたら」

「おい……拾い食いって何を言ってやがる」

「ガーク……それよりもすごく大切な話があるんだけど」

真剣な顔でそう言うと、ガークが唾を呑む。

「これ以上何かあるのか……」

もう耐えられないところまで来ている。

「超絶眠い。今すぐ寝ないと死ぬので寝る」

「カエデ、てめぇ、ふざけんなよ」

「ふざけてないって――」

「あ、おい！」


そこから記憶は一切ないけど、目を開けたらユキとうどんに囲まれていた。モフモフ最高〜。

額の上からギンが顔を覗かせる。

「カエデ〜お休みしてただえ〜」

「ギンちゃん、おはよう」

ギンを撫でていると、ガークが顔を覗かせ悲鳴が出そうになる。めっちゃ目の下にクマができて人相悪。

「カエデ、起きたか」

「ガーク、おはよう」

「おはようじゃねぇよ。急に倒れたから、こっちは心配したぞ」

忙しそうに何やら準備を始めたガークがため息交じりに言う。

「ここまで連れてきてくれたん？」

「俺じゃねぇよ。フェンリルたちだ。こいつら、お前を誰にも触らせなかったからな」

「ユキ！　うどん！」

2匹に抱き着く。今日はユキも嫌がらないので多めにスリスリをすれば、手で押さえつけられる。なんで！

どうやら昨夜は疲れの限界で失神するように寝落ちしたらしい。昨日、イベントが多すぎたんだって！

現在、時刻は9時25分。

こんな遅くに起きたのは久しぶりだ。不思議水を飲み、ストレッチをする。マルクスが落とした水の魔石の中身を、その辺にいた瀕死の虫にかけてみると元気になった。やっぱりこれの中身は不思議水じゃん。マルクスの水の魔石のメーターを見れば、不思議水はあと2割も残っていなかった。

いろいろ情報を整理する。マルクスが不思議水を持っていることから、死の森の中にある奇跡の泉を訪れたことがある可能性が高い。そして、水の魔石のネックレスの持ち主を知っていた。セオドリックだっけ？　あの湖の近くで刺されていた遺体はセオドリックの可能性が高い。

それから……バッタ竜巻には黒幕がいること。人工的に作られた妖精と魔物を融合した赤黒い魔石。セオドリックが恨むあいつ……あと、妖精が視える……魔人……。

「ん。頭痛い」

考えるのやめよ。マルクスはほぼ死んだと思うので私への脅威は去ったはず……だよね？

いや、賊はウジ虫のようにわらわら湧いてくるから、気を付けよう。マルクスがいなくなっても『首残しのウルフ』が壊滅したわけではないじゃん。

さて、銀級のタグのこともあるし、本気で街に戻らないと今回の苦労が水の泡になる。

「ガーク。私、ロワーの街に戻るから」

「そうか。なら、これを頼まれてくれるか？」

ガークに手紙を渡される。

「何、この手紙」

「ギルド長宛の手紙だ」

「えぇぇ」

「どうせ逃げられないぞ」

「ん。分かった」

確かにマルゲリータとは今回の妖精のことについて話があるし、会う必要があるので渋々手紙を受け取る。私兵の1人は1時間ほど前に援軍を呼びに街に向かったらしい。エミルたちが到着したとしても、怪我人、賊の護送、マルクスと蜘蛛ゾンビの捜索と後始末は多い。こういう時には冒険者は楽で自由だ。

手を振りユキに跨ろうとすれば、ガークが神妙な面持ちで私を真っ直ぐに見る。

「今回の件で俺はカエデにいろいろ疑問がある」

「そうなん？」

「お前、その返事はなんだよ。俺は真剣なんだぞ」

呆れたようにガークが笑う。

「あ、魔族とか魔人じゃないから」

「魔人ってなんだよ」

ガークは魔人について知らないのか。

「私も知らない」

「カエデと会話していると頭痛がする。俺が一番聞きたいのはその剣のことだ。その錆びた剣、戦いの途中で地面からお前の手に飛んだのを確かに見たぞ。それに光ったようにも見えた」

やっぱり分かったよね。スパキラ剣を取り出し、ガークに見せる。

「これ、スパキラ剣って言うんだけど、私の相棒。ガークだけに秘密を見せてあげる。実はスパキラ剣は撫でられるのが好きで、こうやって撫でると――」

スパキラ剣をシャカシャカ撫でしようとすると、ガークから可哀相な子を見る目で見られる。

「カエデ……」

「いや、ちょっと待って。そんな目で見るのやめて。いいから見てて」

「もう分かった。いいから、街に帰ってゆっくり話をするぞ。俺が戻るまで逃げるなよ」

「なんだか私が逃げる前提の言い方はやめて」

「逃げるなよ」

「逃げないし！　次はスパキラ剣の威力見せるから、行こうスパキラ剣」

カタカタとスパキラ剣が揺れる。スパキラ剣に声をかけたことでガークが更に憐れんだ表情で見てくる。

「気を付けて街まで戻れよ」

「ガークもね。それじゃ、街で」

ユキに跨りロワーの街へと出発する。ガークめ、スパキラ剣のすごさに腰を抜かすなよ！

それにしても、マルゲリータもガークも私が逃げる前提で話を進めるの、やめてほしい。まぁ、不利になったら逃げる気満々だけど。

◆◇◆◇◆

ロワーの街が見えてくると、門の前には私兵や門番に冒険者が大量にいた。ユキが休みなし、私のこと関係なしにフルスピードで走ったので、かなり早く街へと着いた。途中、ギンの臭い魔石探知能力のおかげで、地面に埋められていた赤黒い魔石は全部撤去と浄化をすることができた。浄化といっても不思議水を浸した一斗缶にポイポイしただけだけど。赤黒い魔石のほとんどは小さなサイズだったので、不思議水もそこまで必要ではなかった。よかった。

うどんに乗る私兵に声をかける。

「お、送ってくれて……か、感謝する」

連絡係の私兵を途中で発見したので、ついでにうどんに乗せて街まで一緒に連れてきたんだけど……なんかうどん酔いしたみたいで、急いで下りると地面にいろいろぶちまけていた。カイよりも少し年上だろう私兵の青年は道中、ヤコブと自己紹介をした。

「ヤコブ、大丈夫なん？」

「ああ、大丈夫だ」

私兵などで固められたロワーの街の入り口を双眼鏡で覗けば、フェルナンドがいた。私兵に見えるところまで進みユキの上に乗り手を振る。コカトリス仮面はちゃんと外しているけど、全員が構えながら警戒をしている。フェルナンドに向かって手を振る。

「おーい。こっちこっち」

「カエデさん、フェルナンド様だ。フェルナンド様」

ヤコブが隣で焦りながら顔を青くする。

フェルナンドが私に気付いてくれたのか、手を上げるのが見える。弓を構える私兵を止めたのでユキに座り、門まで走る。フェルナンドが私を少し凝視したあとにほんの少し笑う。

「カエデ、本当に生きていたのだな」

「最近その質問ばっかりされるけど、この通り元気です」

そんな会話をする横でヤコブが地面に片膝を突きフェルナンドに手紙を渡す。

「確かに受け取った。しっかり休め」

「ありがとうございます」

フェルナンドがすぐに手紙を確認、目を見開きながらじっくり内容を確認するとため息をつき辺りにいた騎士や私兵に指示を出す。

「ローカストの脅威は去ったが、賊はまだ潜んでいる可能性がある。それぞれの隊長に従い行動しろ」

騎士や私兵がロワーの街に戻る中、私も門を潜ろうとすればフェルナンドに笑顔で止められる。

「どこへ行くつもりだ」

「え？　冒険者ギルドに向かおうかと。ガークの手紙を預かっているので……」

「マルゲリータ殿の元か。ちょうどいい、彼女は領主邸にいる。カエデが現れた際には領主の元に連れてくる命も出ている。好都合であろう。さ、行くぞ」

何、その領主の元に来いって命令。全然好都合じゃないんだけど。フェルナンドから笑顔の圧を感じたので渋々と付いていく。


領主邸に到着すると、数箇所に争った跡が見えた。私の視線に気付いたのかフェルナンドが何があったのか教えてくれる。

「領主邸の配達に紛れてきた賊の仕業だ」

「大丈夫だったのですか？」

「ああ、マルゲリータ殿がちょうど領主とお茶をしていたのでな。全員、彼女によって捕縛された」

「え？　1人で？」

「ああ、ああ見えて恐ろしいほど強い女性であるからな」

恐ろしいのは分かるけど、そこまで強いとは思っていなかった。すごいじゃん、マルゲリータ。

捕らえた賊によると、あの拷問されて殺された使用人から領主邸の内情や位置関係は既に把握されており、バッタパニックの最中に領主を狙っていたそうだ。バッタ竜巻が討伐されたことで計画は中途半端に遂行されたとフェルナンドは言うけど……まぁ、実際はあのモンスターフラワーをけしかけている最中に領主を殺めるつもりだったんじゃない？　期待していたパニックが起こることはなかったけど。

「そこまでして領主様を狙う意味は？」

「ロワーの領土が欲しい者の仕業であろう」

フェルナンドは、最近ロワーの領土に現れたダンジョンを奪いたいのだろうと言う。そんなためだけにあんな大がかりなモンスターフラワーを準備する？　割に合わなくない？

ユキとうどんは庭で待機させられ、フェルナンドに謁見の間へと連れていかれる。

「え？　この汚い格好で領主様に謁見するのはちょっと……」

自分を見れば垢まみれで汗臭い。以前、領主邸を訪れた時はあんなに着替えさせられて注意されたのに！

フェルナンドが私の格好をジッと見る。

「確かに汚れているが、心配することはない。兄上も子供には寛容だ」

「子供じゃないいし」

「クク。冗談である。きちんとした立派な女性だ。領主からの大事な話を大人しく聞くように頼むぞ。できるか？」

この言い方、完全に子供扱いじゃん！

「大丈夫です……」

謁見の間で領主を待つ間、やけにフェルナンドに注目されているような気がする。

「やっぱり汚いですか？」

「いや、そうではない。不躾に見てしまったな。カエデ、其方（そなた）が生きていてよかった。オスカルゴ様にもこれで顔向けができる」

「はい。ありがとうございます？」

なんで今、オスカーの話が出てくるん？

カランとベルが鳴ると奥の豪華な扉が開き、領主と思われる50歳前後の男性が現れた。身長はフェルナンドよりも低くやせ型だが、眼光は鋭くなんだか雰囲気は威厳がある。姿絵では似てないと思ったけれど、実際に会うとどことなく顔はフェルナンドに似ていた。領主の後ろにはニコニコとする目の笑っていないマルゲリータがいた。何あの顔、怖い。

「カエデ〜カエデ〜」

なぜかマルゲリータのことが好きなギンが一生懸命に手を振る。マルゲリータもギンの健気なアピールに気付いたのか、小さく手を振り返すとギンは大喜びした。

謁見の間にいた私兵や使用人が全て退室すると、領主が口を開く。

「カエデ、其方とは初めて顔を合わせるな。私はロワー領主ガブリエル・ロワー男爵である。フェルナンドの報告通り、年端も行かぬ子供であるな」

だから子供じゃないって！　言い返そうと思ったけど、マルゲリータとフェルナンドの鋭い眼光のせいで反論するのをやめる。もうキッズでいいよ。黙ったのを返事と受け取ったガブリエルが話を続ける。

「若くともその功績は大きい。うむ、よく見ればとても可愛らしい。ミュラン伯爵が気に入るはずだ。なぁ、マルゲ」

丸毛？　ガブリエルが隣にいるマルゲリータに微笑みながら声をかける。どうやらマルゲはマルゲリータの愛称のようだ。丸毛にしか聞こえないけど。

「そうでございますね。ミュラン伯爵様がまさかあのような物を準備されていたとは」

マルゲリータが胸元に手を添えながらそう言うと、2人は目を合わせ笑う。仲良いな、この2人。でもミュラン伯爵って誰？　何を用意したって？　説明して、説明！　お願いだから。

「あの、そのミュラン伯爵って――」

「まぁ、待ちなさい。まずは私からの感謝の品だ。フェルナンド、カエデに例の物を」

それからガブリエルから、淡々と今回のローカスト討伐、私兵に助力したことに、賊の捕縛を含め感謝された。

「カエデ、こちらを」

フェルナンドからベルベットの袋を受け取る。これ、金だね。いいよ、いいよ。お金はたくさんあるけど、もらえるならもらう。袋を受け取り、ガブリエルに礼を言う。

「ありがとうございます」

「よい。それからもう一つ、モーリシャス伯爵から報酬がある」

そう言って目の前に出されたのは、銀と茶色で刺繡された鹿の付いた袋だった。忘れていたけど、以前賊の住処から奪った白金貨の持ち主の伯爵のお礼の品らしい。この鹿の紋章はその伯爵家のらしいけど、迷いの森に行く前に同じ紋章の馬車を見かけた。あれが伯爵だったん？面倒そうだから避けたけど。袋は結構ずっしりとしていて期待できそう。異世界に来てからちょっとした小金持ちじゃん！

「カエデ〜、ギンも」

礼を言い、袋を受け取ると鹿の刺繡を気に入ったギンに渡して収納してもらう。

お金の受け渡しが終わり静かになった謁見の間で、ガブリエルが口を開く。

「それで、中隊長エミルの報告内容だがな。うーん、実に興味深かった……」

本題か……不思議水のことなら話す予定はない。この人、一言一言ゆっくりで間が長くてもどかしい話し方で困る。

「同時展開の魔法、黒煙の魔法、尽きない魔力、フェンリルの使役、謎のポーション……それに——」

「領主様」

マルゲリータが止めるように遮る。ガブリエルは隣に視線を移すと、うんうんと頷く。

「そうであるな。これ以上はミュラン伯爵にお叱りを受けてしまうのでやめよう」

「あの、そのミュラン伯爵とは誰でしょうか？」

さっきから何度も話題になるミュラン伯爵についてやっと尋ねると、3人が可愛そうな子を見る目を向ける。やめて。

「カエデ、これはミュラン伯爵から男爵家で預かっていた物だ」

フェルナンドから賞状のような紙と手紙を受け取る。これ、私の名前が書いてあるんだけど……。

オスカルゴ・ミュラン伯爵のナニオイテ、カエデ・セトを庇護下にオク。カエデ・セトへの非礼はミュラン家・ラシャール公爵家へのブベツとし処罰スル。

は？　何これ？　オスカルゴってオスカーだけど……何、これ。別で受け取った手紙を読む。

何かごちゃごちゃ書いてあるオスカーの王都での話は飛ばして、重要なところだけ読む。

カエデ、生きてイルのナラバ王都にイル俺にアイに来てくれ。あのポーションだと俺にワタシタ物について尋ねたいコトがアル。コノヨウニ承諾もエズに済まない。他にシュダンがなかったのだ。リカイしてくれ。他のキゾクには何もコタエル必要はない。モンダイがあればこの書状をミセヨ。詳しくはテガミには残せない。怒らないでクレ。王都でマツ。

別に帰還の情報集めのために王都にも行く予定だったたし、オスカーとそこで会うのは問題じゃない。でも、この賞状みたいなのは一体なんなん？　オスカーにもらった短剣と同じグリフォン印、それから剣に蔓（つる）が巻き付いた印が2つも押してあるんだけど。紙自体も高級そうで、怖い。承諾を得ずに済まないって何？　説明なしでいろいろ進むの、やめて。最近、そういうのばっかりなんだけど。

「これはなんですか？」

目の前のフェルナンドに賞状ならぬ書状を見せながら尋ねる。

「これはミュラン伯爵と契(ちぎ)り結ばれたことを証明する書状である」

オスカーと契りって？　ちょちょちょちょちょ！　ちょ！

「そんなこと知らないって！」

「うむ。やはり、事情があるようだな。オスカルゴ様にもお考えがあるのであろう」

「ど、どんな考えが？　こんなの困るんだけど」

「伯爵本人に尋ねなければ私とて分からないが、ひとまず、この書状のおかげでカエデの奇妙な魔法や謎のポーションのことを問う資格は我らになくなった」

「え？　そうなん？」

この書状で私はオスカーの庇護下にあり、オスカー以外の貴族が干渉できない状態になっているらしい。手を出せば、それは伯爵家と公爵家を敵に回すことになるので、大体の貴族の干渉は払えるらしい。

(そう考えると、ナイスなアイテムじゃん)

特に平民だと、他の貴族や権力者が干渉しないように契りを結んで取り込む場合があるという。通常は両方の承諾があって結ばれるらしいけど、どうやら私が1年不在の間に勝手にやられたようだ。ひどくね。そんなの無効じゃね。

絶対に別のやり方があるじゃんと思ったけど、女性だと誘拐して強制的に自分の物にしよう

とする輩がいるらしいので必要な制度だとフェルナンドに諭された。

「そんな輩はボコボコにすればいいじゃん」

「世の女性の大半が其方のように暴力的ではない」

あ、今フェルナンドに軽くディスられた気がする。

「これは惜しいな。ミュラン伯爵と契りを交わしていなかったらフェルナンドの後ろ添えにぴったりなのだがな」

「あ、兄上！　突然、何を」

フェルナンドがすんごい嫌そうな顔で言う。別に私もフェルナンドのことなんて毛ほども恋愛感情ないけど、その顔はひどくね？

「冗談である。お前のそんな顔を見られただけでもよい収穫だ。さて、話は以上だ。カエデ・セト、ロワーを救った貴女をこの地にいつでも歓迎する。また会える日を楽しみにしている」

そう言ってガブリエルはマルゲリータと共に謁見の間を去った。マルゲリータには普通に話があるんだけどな。明日でもいいっか。

オスカーの契りの件は、本人と話さないとどうにもならなそう。あのカタツムリ親指野郎、待ってろよ。

それからフェルナンドに領主邸の門まで送ってもらう。

「いつ出立するのだ？」

「王都？　未定ですが、ガーザには数日中には向かおうと思ってます」

「そうであるか。カエデの生存を知らせる手紙は、既にオスカルゴ様に向かっている。早急に王都に向かうことを勧める」

「あ、はい……できるだけ早く向かいます」

無駄に仕事が早くね？　バッタとか賊の襲撃とかの最中だったじゃん！

ユキに跨り、フェルナンドと別れる。

「ユキちゃん、宿に行こうか」

宿に到着したのだが、今日はバッタ関係やダンジョン関係で満室だそうだ。踏んだり蹴ったりだ……。

現在の時刻は17時。なんだかものすごく疲れた。野宿か……。街の外に野宿する場所を探すため、トボトボと門に向かって歩いていると後ろから声をかけられる。

「あれ～こんばんは～」

この独特な語尾……振り向けばマリナーラがいた。それから巧みに宿がないことを聞き出され、あれよあれよという間にマリナーラの家へと連行——連れていかれた。マリナーラの家は二階建ての一軒家で領主邸からすごく近い場所にあり庭も広い。待て待て、豪華というか……

かなり金のありそうな家じゃん。これって……

「ここってもしかしなくても、マルゲリータの家？」

「そうです～」

「あ、帰るわ」

「どこにですか～？　宿もないのに～。フェンリルたちはもう寝ていますよ～」

外にある大きなテーブルの上でくつろぎながらユキが欠伸をする。ユキちゃん、何それ。

「ちょっと、勝手に人の家のテーブルに上がらないでって！」

「大丈夫です～。外の家具なので問題ないです～」

なんだか余計に疲れた。ユキたちの寝ているテーブルの横にある椅子に腰を掛け、ため息をつく。もう疲れも限界だし今日はここで世話になることにした。歩く元気もないし。

マリナーラに準備してもらった部屋のベッドに仰向けになり、天井を眺める。

「カエデ～元気だすだえ～」

ギンがお尻をフリフリしながら胞子を出す。舞い上がった胞子は雪のようにフワフワと全身に落ちる。それを眺めていたら、いつの間にか寝ていた。

朝、目が覚めるとマルゲリータの顔が目の前にあった。

「ぎゃあああああ」

ベッドから飛び上がり部屋の隅まで逃げる。

「驚き過ぎではないかしら」

「いや、誰だって驚くって。ここで何してんの？」

「ここは私の家ですから」

「確かにそうだけど、勝手に寝顔を見るのはナシじゃん」

「ええ、それについては謝罪します。朝食を作りますが、いかがですか？」

「じゃあ……いただきます」

なんだか朝食を食べないといけない雰囲気だったので、準備して大人しく指示されたテーブルにつく。マリナーラはどうやら既に仕事に出かけたようだ。2人きりって……すぐに美味しそうな匂いがしてマルゲリータが朝食の載ったトレーを目の前に置いてお茶を注ぐ。朝食は卵にソーセージとパン、それから豆のスープ……どれも美味しかった。

食事が終わると、マルゲリータが真剣な顔で尋ねる。

「カエデさんに聞きたいことがあったから、ここにいるのは都合がよかったわ」

そんな質問なんて答えないから。昨日もらったオスカーからの書状をマルゲリータに見せ勝ち誇った顔をすれば、速攻で書状を奪われた。

「えぇぇ。何、今の動き。全然見えなかったんだけど」

「私もまだ衰えてないってことでしょうか。今はこの書状のことは忘れましょう」

いやいや、それはズルくね？

別にマルゲリータが尋ねる分は構わないけど、不利になりそうなことは答えるつもりはない。

「……ポーションとかの話なら答えないから」

「カエデさんのポーションとかの話はどうでもいいのですよ。あれが何なのかは大体予想は付いていますから。『奇跡の泉』の聖なる水ですよね」

マルゲリータを無言で見つめる、確かにそうだけど……。

「あそこのことを知ってるの？」

「その昔に若気の至りで、一度だけあの地に足を踏み入れたことがあるのですよ。今でも後悔しておりますが……」

「昔……」

「ええ、昔です」

マルゲリータはまだ駆け出しの十代の頃、当時は有名だった銀級のパーティーと死の森に向かったそうだ。途中までは驚くほど順調で、なぜその森が閉鎖されているのか全員で笑うほど余裕だったそうだ。スライムゾーンは苦労したが、今ほどは広範囲に広がっておらず無事に通り抜けたそうだ。だが問題は、そこからだったという。

「始まりは小さなゴブリンだったのよ。ゴブリンは下位の魔物だという認識ですよね？」

「いや、あいつらしつこいし、大きいのは面倒で魔法を使うやつもいるし……」

「カエデさん、通常のゴブリンは魔法なんて使わないのですよ。死の森のゴブリンだけです」

「え？　そうだったんだ」

「ええ、死の森のゴブリンは強いのです。それに巨大な群れです。その群れに奇襲に遭いパーティーが半分に減り、次の日にはもう半分……最後には1人になったのですよ」

確かにあの森の中での無限ゴブリンは体験したからよく分かる。フォーエバーゴブリンだから。あっちを向いてもこっちを向いても、おはよう、こんにちは、こんばんはゴブリンだから。

「マルゲリータは、どうやって生きて帰ったん？」

「カエデさんの肩にいる彼らのおかげね。1人で死の森を彷徨(さまよ)っていたら助けてくれたのよ。オハギちゃんと同じで形の視える子だったわね。桃のような可愛らしい妖精さんよ。そのおかげで死の森を抜け、迷いの森と言われる場所も抜けることができたのよ」

大きな桃？　思い当たる妖精はいるけど、あれが人助けをするとか考えられない。マルゲリータは結局、奇跡の泉をその目で見ることは叶わなかったらしいが、存在は確信していたとのこと。

「マルゲリータの話は分かった。確かに私も死の森の奥に行ったことがあるけど、何が聞きたいん？」

「そのオハギちゃんの主についてよ」

「オハギの主？」

「以前、その子が憑いていた人物のお話をしたでしょう」

「うん。それは覚えているけど。オハギは記憶消失だから」

オハギが以前憑いていた人は死の森に挑んだ、現在行方不明の金級パーティー『無慙なる剣』の荷物持ちの１人だという。無慙なる剣は６人から構成されたパーティーだったそうだ。死の森の奥にはそのパーティーに加え、２人の荷物持ちと従者２人の10人で向かったそうだ。

「ですので、オハギちゃんをどこで拾ったのか、彼らに何があったのかが少しでも分かる情報があれば教えてほしいのですよ」

「なんで？」

妖精が憑いていた冒険者だとしても、ここまでしてなんでマルゲリータがそのことを知りたいのか全く理解できないんだけど。

「その荷物持ちはセオと名乗っていましたが……きっと偽名でしょうね。それに、荷物持ちでなく、あれは貴族でしょうね。もう1人のニコと呼ばれていた荷物持ちも同様に貴族だったわ」

「貴族……」

マルゲリータが言うには、数年前に王族を含む高位貴族が毒を盛られる事件があったという。セオとニコはその毒に侵された者を助ける、または恩を売るために偽名まで使って死の森の奥に不思議水を手に入れるために向かったのではないかという。

マルゲリータの言いたいことは大体分かったんだけど……鍵となる肝心のオハギとオジニャンコは記憶が曖昧なんだって！

自分と同じ道を辿る冒険者を内心では止めたいと思いながらも、冒険者が冒険をすることを止めることもできず何組ものパーティーを死の森の奥に送り出していると、マルゲリータがため息をつきながら言う。

マルゲリータのその姿は、なんだか送り出した冒険者たちに対して終わらない懺悔をしているようだった。そんなマルゲリータに言える範囲の情報を共有する。

「……実は死の森の中で白骨遺体を発見してて」

「なぜ、それを早く言わないのかしら」

マルゲリータの圧がすごい。そんなの、今まで話に上がらなかったからに決まってるじゃん！

「近いって」

「あら、ごめんなさい。それで、何を持ってきたのでしょうか？」

「なんで私が何かを持ってきた前提なん？」

「カエデさんなら持っているのでしょう？」

いや、持っているけど、私がなんでも追い剝ぎをしているような雰囲気を出すのやめて。ギンから湖の近くの白骨遺体から集めた物を出す。

短剣、装飾された剣、筒に入った手紙、ボロボロの地図、指輪や腕輪などの装飾品、それからヘルメット。水の魔石のネックレス、それから証拠品の多頭の蛇の剣は出さなかった。これはたぶん、相談するのはマルゲリータじゃないと思う。多頭の蛇に関してオスカーがあそこまで過敏に反応していたので、これはオスカーに相談という名の押し付けをしよう。

マルゲリータがギンから出した遺品を全て確認する。

「当時の彼らが持っていた剣や短剣まで記憶にありませんが、この地図はギルドにある物の写しで間違いないわね。断定はできませんが、これらの物の年代から無慙なる剣の遺品の可能性が高いです」

「そうなんだ……」

遺品の持ち主が分かればいいと思っていたけど、マルゲリータの背中からは罪の意識がひしひしと伝わった。こういう場合にどう声をかけていいのか、アラサーになってもよく分からない。ギンがマルゲリータの周りで尻フリフリダンスをすると、胞子がフワリと次から次へと現れる。

「あら……この子はキノコの形をしていたのですね」

「ギンが見えるん？」

「ええ。ここまでこの子がはっきりと見えたのは初めてだわ」

マルゲリータは今までギンの形までは見えてなかった。たぶんギンが妖精としてまだ力がないからだと思っていたけど……ギンちゃん、着々と成長してたんだね。ギンが踊るのをしばらく眺めたマルゲリータが、筒に入ったカビの生えた手紙を渡しながら言う。

「これに関してはところどころ読むことは困難ですが、領地を約束している内容ですね。この紋章は半分切れていますが、グリフォンだと思います。ラシャール公爵家の紋章です」

オスカーの実家か。受け取ったカビの生えた手紙を見る。確かに羽根っぽいのは見えるけど……。

「コカトリスかもしれないじゃん」

「そんな紋章を持っている貴族はおりません」

なんかコカトリスがディスられたような気がする。最近、仮面の愛用でコカトリスには愛着湧いてんだけど。

「カエデさん、これはミュラン伯爵に相談なさい。あなただけでは不安なので伯爵宛に手紙を書きますから、持っていきなさい」

「あ、はい」

それから遺品は全て返してもらった。マルゲリータには、ロワー出身でない冒険者の詳しい情報は知らないと言われた。冒険者の身辺調査なんてやらないだろうし……とりあえず、遺品はギンに仕舞う。

それからマルゲリータに例のフラワーモンスターの話をすると、重要な報告は早くしろとすごい怒られる。えぇぇぇ。

「他に妖精が視える人を知らないし」

「ああ、確かにそうなりますね。この話は他の方には確かに不審に思われますね」

「でしょ？」

マルゲリータが視線を下げ、困惑したように言う。

「彼らが視える方々は過去にお会いしたことがありますが、どの方もとても清らかな心の持ち主でした。今回の件は、そんな方々が脅されている可能性があるのかもしれませんね」

ジト目でマルゲリータと自分を交互に指を差しながら言う。

「例外がいんじゃん」

マルゲリータが満面の笑みで笑うと、目にも見えぬ速さで背後に移動する。背後からの圧が怖いって！

「訂正しましょう」

「いや、もうそんな脅してくる人が清らかな心なわけがないじゃん」

「一理ありますね。大人げなくしてごめんなさいね」

「いえ、別に」

マルゲリータがやけに素直だ。冒険者ギルドじゃなくて自分の家だから素が出ているのか……いつもと感じが少し違う。これが本来のマルゲリータなのかもしれない。

ロワーの街に関わることなので、このことは一応ガブリエルにも報告するつもりだと言われる。でも、ガブリエルを含め妖精を信じる者は少ないので、マルゲリータはどこまで真実を言うかは決めていないそうだ。

「心配はいらないわ。ガブリエルもカエデさんには手出しできないことは理解しているから」

「領主と結構仲が良くてびっくりした」

「ええ、その昔ガブリエルは私の弟子でしたので」

「へぇ、そうなんだ」

それからマルゲリータと、今回の騒動の妖精と魔物の融合された赤黒い魔石の話、それを取り込むとゾンビに変わり、賊にはそのゾンビを操る手段があったことなどを伝える。マルゲリータの顔が話を聞いていくにつれ険しくなっていく。

「これは困りましたね……情報が多すぎて整理ができないだけでなく、私の力ではできることが限られています。カエデさん、ミュラン伯爵の他に王都の冒険者ギルド長宛に手紙を書きます。何か問題が生じたら、彼はとても頼れる方です」

んー、なんか面倒な話に巻き込まれているような気がするけど……カエデちゃんは日本に帰りたいだけなんだけど。一応マルゲリータの手紙を受け取り、ギンに収納する。

マルゲリータと話をした数日後、ガークがロワーの街へと戻って来た。いろいろ問い詰められそうになったが、オスカーの書状をオラオラと見せつけたら睨まれた。

「それを免罪符のように扱うな。ギルド長に聞いていたが本当だったとはな」

「うん。だからガークの疑問はひとまず置いておいて」

ガークは信頼している。けど、この私にも分からない闇に巻き込む必要はないと思う。私も巻き込まれたくなくて逃げようとしてるし。

「明日、ロワーを出発するというのは本当か？　ずいぶん急だな」

マルゲリータが連絡を取ったガーザの冒険者ギルドによると、双子はガーザにいるという。

「うん。双子のことも気になるし。王都にも……早く向かえって言われたし」

「そうか……カエデ、今晩はうちに来い。ローザがご馳走(ちそう)を作っている。子供たちもお前に会いたがっている」

ガークが戻るまでの数日の間に銀級の上のタグの更新、バッタ討伐の色を付けた報酬、マルクスだと名乗った賊の詳細の説明、それから肉や野菜の買い出しなどを済ませた。肉屋のマイロにしばらくの別れの挨拶をすると、オーク肉をおまけしてくれた。

特に他もやることもないし食事を承諾してガークと別れた。

ガーザに向かう前に冒険者ギルドで口座にお金を入金する。たくさん持っていても仕方ないし。

「ありがとうございました。こちらが明細になります」

「は？」

明細には金貨220枚、銀貨5枚と書かれてあった。あれ、金貨10枚しか入れてなかったんだけど、何これ。ギルド職員に聞けば、コリンからの入金だという。

(あ！　賊のお宝のやつか！)

完全に忘れていた。異世界に来てから金がどんどん入るんだけど、どうすんの、これ。明細をギンに仕舞い、冒険者ギルドを出る前にマリナーラに挨拶をする。まぁ、一応世話にはなったし。

「明日、旅立たれるのですか〜。寂しいです〜」

「うん。いろいろありがとう」

「いつでも戻って来てくださいね〜。おば、ギルド長も喜びます〜」

「はは……は、うん。じゃあ、元気でね。バイバイ」

マリナーラに手を振りギルドをあとにしようとすれば、チラチラと視線を感じる。何かをごちゃごちゃと冒険者がうるさく言っているので聞き耳を立てる。

「あんなのがか？」

「黒煙のカエデって二つ名、ほんとかよ」

「お前らはあの場にいなかったから、んなこと言えんだ、あれはバケモンだ。黒煙のタダノ・カエデだ」

やめて。

その黒煙のカエデやタダノ・カエデを流行(はや)らそうとするの、やめて。噂をしていた冒険者の元へ歩き、全員を見下ろす。

「こ、黒煙の――」

「やめて」

「タダノ――」

「やめて」

ジッと無言で噂をしていた冒険者たちに圧をかける。

「カ、カエデ」

「ん。それでよろしく」

それだけを伝え、宿でガークの家に出かける準備をする。マルゲリータにいつまでも家に泊まっていいと誘われたが、恐ろ――遠慮した。またモーニング奇襲されそうだし、宿はちゃんと取った。

「ギンもこれ、これ」

「ギンちゃん、これがいいの？」

布の端切れを頭に被せるギンが可愛い。ギンに布をきゅっと巻くとマントのようになった。可愛すぎる。

ガークの家に着きドアをノックすると、勢いよく開いたドアからショーンとトーワが元気に走り、ぶつかるように抱き着いてきた。ガークが2人を叱る。

「おい、家の中では走るな！　それに勝手に扉を開けんじゃねぇ！」

ショーンもトーワも前に見た時よりも成長していた。特にショーンは以前のやせ細った青白い顔でなく、こんがり焼けたふっくらとした顔に変わっていた。不思議水、すごすぎじゃない？

子供たちはガークに怒られると、謝りながら家の奥へ楽しそうに走っていった。

「すんごい元気じゃん」

「ああ、以前のショーンからは考えられなかった光景だ。カエデ――」

「お腹空いた～」

ガークがまた礼を言おうとするのを遮る。もう何回も礼はしてもらってるし、いいって。勝手にダイニングへと進み、ローザに挨拶をする。

「カエデちゃん、久しぶりね。ガークの帰還もだけど、久しぶりの再会が私も子供たちも嬉しくて。生きていてくれてありがとう」

目に涙を溜め、ローザが言う。1回しか会ったことなかったのに、そう思ってもらえることが妙に嬉しくて日本にいる家族のことを思い出してしまう。ガークが驚きながら尋ねる。

「カエデ、泣いてんのか？」

「泣いてないし」

「泣いてるだろ」

しばらくグズグズと鼻水を啜っていると、ショーンとトーワとギンにナデナデされる。

アラサー女　慰めるのは　子とキノコ

カエデの心の川柳だ。

「カエデ、いつまで拗ねてやがる。食うぞ」

「ん」

全員でテーブルに着き、ローザの作った晩餐を頬張る。

「たくさんあるから、カエデちゃんも好きなだけ食べてね」

「すごく美味しいです。私のお嫁さんになってほしいです」

「俺の嫁だ」

ガークが不機嫌に言う。

「冗談だし。嫉妬する顔面凶器は嫌われるって」

「相変わらず、お前は一言多いな！」

ガークがそう言うと、全員が笑う。

食事が終わり外にいるうどんと子供たちが遊ぶのを眺める。お腹いっぱいで吐きそうなんだけど。完全に食い過ぎだし。軽く不思議水を飲むのをガークに目撃される。

何か言うかと思ったけど、そのことには触れずに林檎酒を渡してくる。

「飲むだろ」

「うん」

しばらく林檎酒を無言で飲み、何度もガークと目が合う。なんの時間よ、これ。

「……あの蜘蛛の魔物、あれは人だったのか？」

「たぶん」

「子供だったのか？」

「分からない」

「そうか……カエデにはいろいろ聞きたかったが、ギルド長にも止められてるからな」

「紙もあるしね」

ニヤニヤしながら言うと、ガークが鼻で笑う。

「ふん。あれは貴族には効果あるが、所詮庶民の俺が従わなかったことで特に何か起きるわけじゃねぇ。お前が訴えない限りな」

「ズルくね？」

「ズルいのはお前だろ。はぁ、まったくお前は……」

ガークが笑いながら言う。

「必要なことはマルゲリータに伝えたし、エミルにも証拠とかいろいろ渡してるし。あ、でもスパキラ剣の話だけはちゃんとするから」

スパキラ剣を鞘から出すとキラキラと光り、嬉しそうなのが伝わる。

「その飛ぶ錆びた剣の話か。どういう仕掛けで飛んだんだ？」

「仕掛けじゃないよ、スパキラ剣の意思だから。まぁ、見てて」

スパキラ剣を軽くシャカシャカ撫でする。あまり強くやり過ぎると光のビームを出しそうなので本当に軽くだけ。スパキラ剣はカタカタ揺れると、ポワポワと光を放ちだした。どうやらこれはガークにも見えているようで、目を見開きながらスパキラ剣を凝視する。

「お前……これは魔剣じゃねぇか」

「え？　魔剣？　意思のある剣って聞いたけど、魔剣って何？」

「お前、ほとんど何も知らねぇじゃねぇか！　どうやってここまで生きてきやがった」

「運と根性かな？」

「お前と話していると毎回頭が痛くなる」

ガークがこめかみを押さえながら林檎酒を一気飲み、魔剣について説明する。ほぼサダコと同じ説明で古い剣に魔力が宿ると言われた。サダコは魔剣とは言っていなかったけど。過去にも魔剣は存在しており、それぞれ性質が異なるという。

「へぇ、魔力があるんだ」

私、マジカルパワーゼロなのにスパキラ剣に魔力があるのは複雑なんだけど。

「どこでその魔剣を手に入れた？」

「えーと、森で見つけた」

「カエデ、せめて嘘はちゃんとつけるよう努力しろ」

「えぇぇ」

森で見つけたのは本当なのに！　魔剣は高価な物なので盗まれないようにしろと、ガークに注意を受ける。

「錆びたままにしておけ」

「それなら大丈夫だって。ガーク、スパキラ剣、持ち上げてみて」

ガークがスパキラ剣を握り止まる。その後血管が浮き出るほど力を入れているのが見えたが、スパキラ剣は全く動かなかった。

「錆びてるくせに生意気な剣だな」

ガークがそう言うとスパキラ剣が赤くなり、ガークがすぐに手を離す。

「おい！　なんだ、今のは。すげぇ熱くなったぞ」

「ガークが怒らせるからじゃん。スパキラ剣に謝って！」

「お前……」

その後ガークがスパキラ剣に謝罪、再び林檎酒を飲みながらスパキラ剣の話で盛り上がる。途中カイの話も出た。カイはガークがきちんと迎えを出したそうで無事保護したらしい。正直それ以上、今はカイの話には興味はなかった。たぶん、カイに対してまだイラついているのだと思う。ガークが言うには、カイは賊についての情報を提供したあとは一旦マルゲリータ預かりになるそうだ。

「ギルド長は純粋に人の可能性を信じているからな」

「ガークは？」

「今後のカイ次第だろ」

たくさん酒を飲んで話して、ガーク家と別れをして、宿に戻ってベッドにダイブした。これ、明日起きられる？

「ギンが起こすだえ～」

「ありがと。ギンちゃん、お休み～」

6章　ベニとの再会

ロワーの街を出発する日、ガークが見送りに来てくれた。

「カエデ、くれぐれも気を付けて旅をしろ。崖から落ちたあれが本当にマルクスで生きている可能性があるのならば、必ずまた狙ってくるぞ」

「ガーク、ありがとう」

結局、マルクスの生死の確認はできなかったのが痛いけど、あの怪我ならほぼ生きていないと思う。蜘蛛ゾンビは逆に絶対まだどこかに潜んでそう。もうそのまま大人しく消えてほしい。

「おお、そうだ。ギルド長からの伝言だ。『またお茶をしましょうね』だそうだ」

「えぇぇ、もういいって」

もうマルゲリータとのお茶もお話も本気で勘弁して！

「ギルド長なりにカエデの心配をしているってことだ」

「うん……じゃあ、もう行く」

「ああ、またな」

ガークに手を振りロワーの街の門をくぐる。次はいつこの街に戻って来るのだろうか？　ガーザに行ったら、その次はオスカーのいる王都を目指す予定だ。よし、行こう。ユキに跨る。

「あの、すみません」

「あ？」

出発する気満々だったので、呼び止められて思わずイラッとする。振り向けばそこには若い女の子が立っていた。格好から冒険者のようだ。冒険者になりたてなのか、装備はかなりの軽装だ。

「あの……」

「何？」

「黒煙のカエデさんですよね？」

「違う。カエデであってるけど、そんな変な二つ名はないから。用件は何？」

「ローカストを討伐してくれてありがとうございます。私、あの近くの村出身なのでお礼が言いたくて」

深々と礼をする女の子。冒険者に礼を言われるなんて、空から槍が降ってくるんじゃね？悪い気はしないけど。

「ん、どうも。でも、別に私1人で討伐したわけじゃないから」

女の子に手を振って立ち去ろうとすれば、引き止められ、お礼だと袋に入った何かを押し付けられる。何、これ。袋を開ければ、おやきが入っていた。

知らない人からの食べ物は本気でいらない。

「道中食べてください！」

普通にいらないし断ろうと思ったけど、なんだかニコニコする女の子に押され、一応受け取りバックパックに入れる。

「うん。あとで食べるね」

女の子と別れ、さっさとその場を去りガーザの街へと向かう。

「ユキちゃん、よろしく」

コカトリス仮面を被り、出発。連絡してくれたマルゲリータの話だと双子は1週間前までは依頼を受けており、今も高い可能性でガーザの街にいるということだけど……行ってみれば分かるか。ガーザの街はロワーの街と比べれば古く大きいらしい。

走り出して十数分、ユキが足を止め走って来た方向を睨みながら唸る。

「ユキちゃん、どうしたの？」

双眼鏡でユキの睨む方角を確かめると、数人が身を隠しながらこっちの様子を窺っているのが見える。えぇぇ。またお客さん？　もうゴブリン並みのしつこさじゃん。怠いんだけど。

――よし、無視だ。

「ユキちゃん、行こう。フルスピードでよろしく」

ユキがフルスピードで駆ける。数時間ほどしてちょっと休憩する。双眼鏡で辺りを確かめるが、さすがにお客さんは付いてくることはできなかったようだ。めでたしめでたし。

汗を拭くためにバックパックからタオルを取り出そう手を伸ばし、冒険者の女の子にもらったおやきを思い出す。

「ああ、これ、もらっていたんだった」

袋の中を開けると普通に美味しそうなおやきが入っていた。食べる気はないけど、おやきを出すとユキに速攻叩き落とされ、全て地面へと落ちた。

「きゃうん！」

落ちたおやきを食べようとするうどんを、ユキが押さえつけ噛み付く。

「ぎゃきゃん」

うどんが痛そうな鳴き声を上げユキに腹を見せ、しょんぼりとする。地面に落ちたおやきを見つめてため息をつく。

「おやきに何か入ってるん？」

おやきを調べるが、見る限り特におかしい点はない。

「ギンちゃん、何か分かる？」

「だえ～？」

ギンも特に分からないようで、首を左右に振る。

おやきを拾い、ちょこちょこと辺りを走り回っていた小さな野鼠に投げ与える。

１匹がおやきに食いつくと次から次へと、どこからともなく現れた野鼠たちが餌を取り合う。

「別に異常はなさそうだけど……」

野鼠たちはおやきを半分ほど完食すると急に食べるのを止め、次々と倒れ痙攣を起こし始めた。

「えぇぇ」

毒？　鼠は痙攣が止まると眠るように動かなくなった。死んではいないようだけど……あの冒険者の女……純粋そうな顔でこれ渡してくるとか最悪じゃん。まぁ、これとあの尾行していた人たちのおかげでまだ賊に狙われてることが明らかになってよかったけどね。ん？　よかった？　よくはない。

ロワーの街で買った串焼き……一応ユキチェックをすれば問題はなさそうなので、串を食べながら休憩する。

オハギはたまに起きては眠いと言って再び眠りにつく。オハギが言うには、今は力を温存していて、もうすぐ活動ができるという。妖精については謎なことが多く、もう最近は流れに任せるようにしている。考えても無駄だし。

「ギンちゃん、何をしてるの？」

「光合成だえ～」

肩に乗ったギンは、ヤングコーンを出しながらいそいそと世話を焼く。なんだかヤングコーンは少しだけ大きくなったような気がする。あの穴で見た大きさまで成長するならそれはそれで困る。

「ギンちゃん、まさかそれ、巨大化しないよね」

「名前、それじゃないだえ～」

ヤングコーンに名前を付けてとギンに急かされ、コーン太郎と名付けようとしたけど……今回はギンに却下をくらった。

「ギンちゃんが名前を付けていいよ」

「だえ……」

ギンはしばらく悩んでお気に入りの古いエロ本を出し、とあるページを指差す。大股開いて椅子に座るスケスケパンティーの女の人のページ……。ギンちゃん、なんで……。

「同じ名前がいいだえ～」

「え、何？　この人の名前がいいの？　ギンちゃん、日本語を読めるの？」

フルフルとギンが首を横に振るので、モデルの名前を伝える。

「いい名前だえ〜」

「ギンちゃんがそれでいいならいいけど……」

エロ本のモデルの千鶴子という名前をとても気に入ったギンは、ヤングコーンに「チズコ」と名付けた。

「チズコ、元気に大きくなるだえ〜」

日光浴させながらギンが嬉しそうにチズコの周りを踊る。ギンがいいなら、もうなんでもいいよ。

串を食べ、ストレッチをする。そろそろ出発するかと思ったら、ユキが地面を見つめ、うどんがその近くを興味津々に嗅いでいた。

「どうしたん――え？」

そこにはギンのカラフルなキノコが、円を作るように大小それぞれ並んでいた。

「わぁ。ギンちゃん、これ、今まで一番多くのキノコが生えたんじゃない？」

「だえ！」

ギンが胸を張りながら喜ぶ。

ユキとうどんも興味深そうにキノコをクンクンと嗅ぐ。あー、これカエデいなかったらどこぞのファンタジー絵本のワンシーンじゃね？　妖精たちと白いフェンリルたちがいて、カラフルなキノコに囲まれて……ってどんな絵本よ、これ。

「ギンちゃんが成長してきたってことだね」

「成長だえ〜？」

「うんうん。ギンちゃんが偉い偉いってこと」

ギンのぷっくりした笠を両手の人差し指でスリスリと撫でると、嬉しそうにフリフリと踊り始め、たくさんの胞子を出した。胞子はいつものように私の中には吸い込まれずにどんどん増えていった。キラキラと空中に舞った胞子はゆっくりと下りてくるとカラフルなキノコにどんどんと吸われていった。胞子を吸い終わると、キノコたちが小さな光でキラキラと輝く。

「綺麗だね」

「もっと輝くだえ〜」

キノコたちの小さなキラキラの発光が、徐々に大きくなり、やがて眼を開けられないほどギラギラと光り辺りを囲む。

「あ、これなんかやばく――」

囲まれていた光が止み、ゆっくりと目を開ける。その景色は先ほどまでいた野原ではなく、よく覚えのある場所だった、たぶん。

「えぇぇ、ここは……ログハウス？」

なんだか部屋中キノコだらけになって様子は変わっているけど、ここログハウスの中じゃん。1年もの間過ごしたから間違いない。ユキとうどんにギンとチズコ、それから背中のオハギも全員いる。これ、もしかしてベニの言っていた菌輪（フェアリーサークル）での転移なん？　じゃあ、死の森に戻って来たってことじゃん。立ち上がろうと床に手をつくと、プニッとキノコを潰してしまう。

「なんで部屋中キノコだらけなん？」

床や壁、それにキッチンに天井までも白、赤、黄色や緑の色鮮やかなキノコが生えている。何、この腐海……どこぞのダンゴムシが生息してそうな光景じゃん。原因は1人しかいない。

「ヴュー」

「キャウン」

外に出せと扉の前で鳴いたユキとうどんのために表の扉を開けると、2匹は元気にどこかへと走っていった。この辺りの森はよく知ってるし、気が済んだらそのうちに戻ってくるよね。

キノコの胞子が舞うので一旦扉は閉め、キノコに埋め尽くされたソファを見る。ギンが肩から降りるとテケテケとソファに向かった。ソファに横たわるキノコに健気に自分の存在をアピールするも、その声は届かないようだ。

「ベニ……」

キノコに埋もれソファで動かなくなった赤く白い斑点のあるカサ……これは……間違いなくベニの頭だ。

ベニの側に寄り、そっと回りに生えていたキノコを取り除くと胞子が舞い上がった。これ、身体に影響ないよね？　ある程度キノコを取り除くと、露わになる大きな見知ったキノコ。やはり、そこに埋もれていたのはベニだった。ベニを見下ろしながら、目を瞑りため息をつく。

（ベニ、私が悪かった……）

目を開け動かないベニの身体を、ガッと掴み左右に揺らす。

「ベニ！　何、スマホ廃人になってんの！」

【カ、カエデ！　いつの間にここにいたのだえ！】

「数分くらい前からいたけど、それにも気付かないってやばくね？」

揺らされて私たちにようやく気付いたのか、ベニは焦りながらスマホを床に落とした。

【ああ、我の愛しのスマホが】

「完全に廃人じゃん」

【ち、違うだえ。ちょっと遊んでだけだえ。今日だけだえ】

何、言い訳してんの、このキノコ。カサカサと聞こえ窓を見て悲鳴を上げる。

「ひぃぃ」

窓に張り付くゴキちゃんズ……彼らのサイズの大きさを完全に忘れていた。元気そうで何よりだけど、ログハウスに入ってこようとするのはやめて。

ベニがゴキちゃんズに久しぶりと挨拶、入ってこいとか言ってるけど……縁にまでキノコが生えているから窓を開けることできないじゃん。入ってこられるのも困るけど。ってか、ゴキちゃんズのあの喜びよう……すごい興奮して窓をグルグル回っているんだけど！　久しぶりのゴキブリの裏側、やめて。

「ベニ、ゴキちゃんズのこと、どれくらい放置してたん？」

【我の眷族だえ！　ちゃんと毎日、世話していただえ！】

「本当？　このログハウスで？」

【当たり前だえ。我の眷族だえ】

「じゃあ、今すぐ窓を開けてゴキちゃんズをここに入れてみてよ」

プニプニとした後ろ姿で窓際まで歩いたベニが止まり、振り向く。

【カ、カエデは我の眷族が苦手であろう。今日は入れなくてもよい――】

「普通にキノコが詰まって窓を開けられないだけじゃん」

【違うだえ！】

嘘つきベニをジト目で見ていると、足元にいたギンがベニの元へと走る。

「だえ～」

【おお、ギンかえ！　成長したぞえ】

「ギン、偉いだえ～」

【なんと！　そうかえ！　ギンの菌輪（フェアリーサークル）でここまで来たかえ！　数年はかかると思っていただえ。成長が早いのはよきよき】

ベニとギンが互いをペタペタと触り合う。妖精の挨拶？　よく分からないけどシュールな光景だ。落ちたスマホを拾うと相当使い込んだのか、どこを握っていたのかよく分かる。

「ベニ、まさか1年以上ずっとスマホ廃人してたん？」

【なぜ、そんな目で見るのだ。ちゃんと外には出ていただえ】

本当？　怪しいけど、まぁベニの人生……キノコ生だしこれ以上は踏み込まない。でも、このログハウスは私のじゃなくて部長の叔父さんのなんだけど……完全に腐海になっているんだけど。これ大丈夫？

「だえ～」

【おお、そうかえ！】

「だえ～だえ～」

【だえ！】

「だえ～」

ギンとベニがほぼ「だえ」だけで会話をする。あれで意思疎通できてるの？　不思議な光景だけど2人ともとても楽しそう。しばらく2人だけで謎のだえ～会話をしていたので窓から外を眺めようとしたが……。

「ゴキちゃんズ、ちょっと動いてくれる？　外が見たいんだけど」

2匹とも左端に移動すると、つぶらな瞳でジッと私を見つめる。たぶん、あれが目。景色どころじゃなくなるからやめて。

外を見れば、なんだかこの世界に初めて転移した頃のことを思い出す。初めの日なんて兎すら殺せなかったのに、あれからゴブリン、オーク、イカ、スライム、人——。

（自分が生存するためだとはいえ……こんなので日本に帰って大丈夫なん？）

ううん。日本には絶対に帰る。それを糧に今までメンタルを保ってきたんだし……。

いろいろと考えながら遠くを見つめていると、茂みの中からお隣さんが現れた。うわぁ、全然嬉しくない再会じゃん。ゴブリンはウロウロするとログハウスは気にも留めずに、どこかへと消えていった。ああ、確かログハウスはベニに隠匿されているんだった。

「カエデ～」

ギンに呼ばれ振り向くと、ベニのカサの上に座り手を振っていた。2人の会話は終わったようだ。

ベニが窓際まで上ると、手を添えて言う。

【カエデ、ギンを大切に育ててくれて感謝するだえ】

「ギンちゃんには私もお世話になってるし、お礼なんかいらないよ。こっちこそ、ギンがいなかったらもう死んでると思うから」

【うむ。それで、ギンから聞いたが迷いの森で妖精を拾ったとな。背中のその妖精は古の高貴な妖精だえ】

「オハギが？」

寝返りをして腹を見せながら背中で惰眠を貪る子猫のオハギを見る。これが、高貴な妖精……本当に？　嘘でしょ？

【我などより数百年、数千年以上前から存在している妖精ぞえ】

「数千年……」

オハギの方は新人妖精の女の子って感じだけど、オジニャンコは確かに高貴な感じはした。サイズ的にも態度的にも偉そうではあった。オジニャンコじゃなくて仙人ニャンコだったか。

【オジニャンコとはなんぞえ？】

ベニ、また勝手に私の思考を読んでるし……。オジニャンコとオハギって一体なんなのか私もよく分からない。

「もう1人の別人格の妖精？」

ダメだ。語彙力がない。でもまぁ数千年って、そりゃそんなに生きていたら別人格も生えるよね。

【別人格ではないだえ。なぜか2つの個体が一つになってるだえ】

「余計にややこしいじゃん！　それって、どうすればいいの？」

【我にも分からないぞえ】

数百年生きてるベニに分からないマジカルなことが私に分かるわけがないので、考えるのは放棄しよ。問題になったら……その時に考えよう。今はそれよりも心配なことがある。

「ガーザの街へ向かう途中だったんだけど……これって、まさか帰りはまた森を抜けないといけない感じなん？」

【そんなことはないだえ。これを見よ】

ベニが指差す床には他のキノコと同化していたので気付かなかったけど、ギンの菌輪(フェアリーサークル)が輝きを失いながらも確かにあった。

「これで元の場所に戻れるん？」

【うむ。今日は無理じゃろな。ギン、胞子は出るかえ？】

ギンがフリフリダンスを始めたが、胞子は1つも出なかった。

「出ないだえ～」

【数日、ギンの胞子の力が戻るまで待つだえ】

「数日……ここで？」

辺りの腐海を見渡し言葉に詰まる。これ、どこで寝るん？

【なんぞえ？】

「寝る場所確保したいから、生えてるキノコを抜いていい？」

【好きなだけ持っていっていいぞえ】

「いや、1個もいらないんだけど」

【我のキノコは何も悪くない！】

ベニがぷりぷりと怒る姿がなんだか懐かしい……。でもキノコはいらない、絶対に。キノコにはひどい目に遭う可能性しかないから。

「あ、キノコで思い出したけど……ベニから餞別でもらった緑のキノコだけど、あれ私を守るって言っていたよね？　私が巨大化してその後に動けなくなったんだけど、守るって何？」

【おお、そのような効果があっただえか。よきよき】

「よきよきじゃないし！　このクソキノコめ」

【カエデ、揺らすのをやめるだえ！】

まぁ、結果はどうあれ助かったからベニに一応感謝をする。でも、本人も効果を理解していないデンジャラスキノコはもういらないから。

「じゃあ、早速キノコ抜くから」

「ギンも手伝うだえ～」

数日はここに泊まりになりそうだし、寝床を確保するためにキノコをスポスポと抜き始める。量多すぎ。小指の爪ほどのものから手の平より大きいもの、カラフルで形もそれぞれ。カラフルなキノコの中に1本だけ生えていた茶色い松茸のようなキノコを抜く。匂いも松茸だ。

「なんでこれだけ茶色なん？」

【なんぞえ？　それは】

「いや、こっちが聞きたいんだけど。これ、ベニのキノコでしょ」

【分からぬ。食べてみるかえ？】

「絶対に断固拒否なんだけど」

ベニに、このキノコ食べたらどうなる的な実験台に使われているような気がするんだけど。

【……ギン、仕舞うだえ】

スッと松茸のキノコが手元から消える。えぇぇ。何を勝手に……。

「……絶対に使わないから。それより数日ここにいるのならやりたいことがある」

ベニに不思議水の補給をしたいことを伝える。別に不思議水はまだ結構あるけど、せっかくここにいるのだから十分に補給したい。

【湖かえ……】

「ん？　何かあるん？」

【カエデが湖を占領していたあの狂暴な魔物を倒してから、あそこはたくさんの生き物の楽園になっただえ】

「そういえば、ここを出発した日に既にいろんな動物が湖にいた。危ない感じなん？」

【フェンリルを連れていけば大丈夫だえ。我はここで――】

「あ！　こらこら」

ベニがスマホを手に取る前に急いでギンに仕舞う。これを使いだすと、また廃人キノコができてしまう。

【我のスマホ！　なぜだえ！】

「久しぶりなんだから、せめてギンと遊んであげて。あと、ゴキちゃんズの健気な姿を見なよ。可哀相じゃん。夜にはまた返すから」

【分かっただえ……】

縮小したレギュラーサイズゴキちゃんズ、ベニとギンがキャキャウフフしている間にログハウスの掃除を続ける。

「なんなん、このキノコの量は……」

とりあえず寝る場所は確保できた。集めたキノコは部屋の端に寄せたけど……ここから新たなキノコが生えそう。

外を見れば暗くなり始めていた。夕食の準備をしていたらユキとうどんの声が外から聞こえた。２匹とも隠匿されたログハウスは見えてないはずなのに扉の前に座って待っていたので、中に入れる。口の周りが赤いのでお食事は済ませてきたようだ。食費が浮くので助かる。

夕食をしながらベニに今までの旅の話をする。ロワーの街やホブゴブリンの里、オハギやチズコとの出会い……それから賊や迷惑な妖精の話など、一晩では語り尽くせない。ベニはその話の全てを興味深そうに聞いていた。妖精と魔物を融合した魔石の話にはものすごく憤りながらチズコを優しく撫でていた。

【そのような物騒な物、我は聞いたこともない】

「私も初めて見たからあれが何か分からないけど、オジニャンコが言うには『視える者』が敵に回った的なこと言っていた」

【そうかえ……人族の中にも我らを感じたり見えたりする者がいると聞いたことあるだえ。珍しいだえ】

「私は初めから見えて会話もできたけど？」

【カエデは異質だえ】

異質って……なんか失礼じゃゃね、このキノコ。まぁ、異世界から転移してきたわけだし、そこは他とは違ったりするかもしれないけど。そう考えるとオスカーはギンを見ることも会話することもできた。オスカーもまた異質な存在ってことになる。オスカーとは、いろいろ話すことが増えていく。まずはあの契りの書状について問い詰めたい。

【カエデ、それで元の世界に帰る手がかりは見つかったかえ？】

「全くってわけじゃないけど、情報不足って感じ。帰還のためのエネルギー源の紫の魔石、人間は源の魔石って呼んでるみたいなんだけど、かなり希少で今のところスライムから取れる小さいのしか見たことない」

【そうかえ……】

ベニがなぜか肩を落とす。ベニ的には、人族の里へ行けば簡単に情報は集まると思っていたのかもしれない。

「全然諦めてないから、そんなに落ち込まなくていいよ」

【カエデなら図太いから大丈夫だえ】

「……余計な一言もあったけど、ありがとう」

ユキとうどんが丸まる頃には、私も疲れてすぐにウトウトし始めた。ベニが圧をかけながらスマホを要求する。

【もう返してくれてもいいだえ】

「……約束だから返すよ」

本気で廃人コースじゃん。ベニにスマホを渡すと飛びついてきた。

【我のスマホ！】

「はいはい。お休み、ベニ」

次の日、時刻は5時。目覚めはよい。

【起きたかえ】

「おはよう、ベニ」

軽く朝食を済ませ、湖に行く準備をする。ベニも一緒に行くことになった。ほぼ強制的にだけど。遠慮してくれてもいいゴキちゃんズも、ベニの足として一緒に来るらしい。

ベニがゴキちゃんズに乗って、その頭にギンが座る。いや、何よこれ。

【ログハウスは隠匿するだえ】

振り向くとログハウスが消えていく。見るのは2回目だけど本当にすごい。

「じゃあ、行こうか」

【カエデも我の眷族に乗るかえ？】

「やめて」

消えゆくログハウスをあとに湖へと向かう。

途中、ゴブリンと遭遇するがユキとうどんが蹴散らしてくれる。持つべきものは頼れるフェンリルだ。

想像していたより早く湖の近くへ到着する。こんなに近かった？　前はもっと苦労してここまで歩いて来ていたような気がするけど……私の体力が増したん？

以前、湖の周辺はすごく静かだったけど、今はいろんな動物か魔物の声が聞こえる。イカという天敵がいなくなったからだよね。今思うとよく倒せたよ、あのイカ。

一応警戒しながら湖を木陰から覗く。そこは動物のパラダイスと化した湖があった。

「えぇぇ。生物多すぎじゃね？　こんなにいろいろいて、不思議水はまだちゃんと飲めるん？汚染されていないよね？」

【森の生物が飲んだところで、水の効果は同じだえ。カエデは阿呆だえ】

「クッ……」

湖の辺りを双眼鏡で確認すれば、見たことのない何かがたくさんいる。青いナマケモノ、特大サイズのてんとう虫、角がある馬……植物も依然と比べて湖を囲うように伸び、青々としている。ヘンテコ動物たちに紛れて遠くに見えるのは、いつかの恩を仇で返してきた猿たち。糞を投げられたのは今でも腹が立つけれど、なんだか以前よりも穏やかにキーキーと騒いでいる。遠くにいる分はいいや。

「さっさと不思議水の補給をするから」

魔道具のネックレスと2つの水の魔石を不思議水で満タンにすると、オハギが背中から起き上がり湖にダイブした。

「ちょ、オハギ！」

【カエデ、大丈夫だえ】

ベニが言うには不思議水の効果は妖精にもあり、イカがいない今はベニもたまに水浴びに来ているらしい。キノコの行水……廃人ゲーマーがたまにお風呂に入る感じなん？　ベニがゴキちゃんズと水浴びする姿を想像して笑う。シュール過ぎだし。

「ちゃんと外出していたのは嘘じゃなかったんだ」

【我は嘘なんてついていない！】

「はいはい。それにしてもオハギの水浴び長くね？　潜ってから全然浮上しないんだけど。窒息するんじゃね？」

【妖精は人族と違って呼吸など必要ないだえ】

「あ、そういうもんなん？」

【そういうもんだえ】

動物や魔物はいるけど、特にこちらの様子を気にすることもなく安全そうなので腰を休める。ギンもチズコを湖の側に置き、たくさん不思議水をかけ始めた。なんだか、チズコの瑞々しさが増したような気がする。そんなことを考えながら、しばらくボーッと湖を眺めた。

「動物が大人しくてなんか怖くね？」

【水で洗われて気性が落ち着いてるだえ】

「それって浄化ってこと？」

【それに近いだえ】

あんなに狂暴だった森の動物や魔物たちが大人しく水を飲んでいる光景の皮肉さに、フッと笑う。

「ゴブリンも大人しくなったん？」

【あやつらは元来変わらないだえ。ゴミだえ】

ベニのゴブリンに対する辛口はまだ健在のようだ。死の森の動物は湖でやや気性が穏やかになった程度だという。それでも十分ありがたいけど。

湖の中心から大きな音が聞こえると、水を飲んでいた動物たちは一気に逃げていった。見れば、湖の中心には二階建ての豹がいる。オジニャンコか。

【さすが、古の妖精だえ。あの姿は神々しいぞえ】

隣で大の字で光合成をしていたベニが起き上がり両手を上げる。

あれは神々しい……のか？　普通にデカい豹がウロウロしているようにしか見えないけど。

仙人のお爺ちゃん、どこにいるか分からなくて迷ってんのかな。

「オジニャンコ！　こっちこっち」

オジニャンコがこちらを無視して別方角へと向かい、湖からのそっと出てくる。あのニャンコめ。歩き出した方角へ付いていけば、オジニャンコがとある木の前に立っていた。そこは生い茂っていたけど、見覚えのある場所だった。

「ここって、白骨遺体を見つけた場所……」

やはりマルゲリータの予想通り、ここで見つけた遺体は金級のパーティーでオジニャンコが憑いていた人もここで亡くなったのだろう。

オジニャンコは無言でジッと木を見つめると、そのまま小さな豹になってこちらを振り向いた。

「オジニャンコ？」

「オハギなの！」

「オハギ、元気になったん？」

久しぶりに聞いた女の子の元気な声にホッとする。

「んー？　オハギはずっと元気なの！」

「オジニャンコは？」

オハギがオジニャンコのことを把握しているか知らないけど、尋ねてみる。

「寝てるの！」

寝ているか……オハギとオジニャンコは別物の存在らしい。オハギもいてたまにオジニャンコが現れる。別個体が一つに――やめたやめた。もう難しく考えるのやめよう。考えても分かんないし。

「ん、分かった。ログハウスへ戻ろうか」

「ログハウスってなになに？」

「着けば分かるよ」

それから全員で湖をあとにしてログハウスへと戻る。道中、ベニがオハギを見ながら言う。

【オハギは稚児のようだえ。カエデ、ちゃんと面倒を見るだえ】

いや、見るけどさ。いつの間に私が妖精の育児担当になってんの！　やめて。


その日の夜、妖精たちとうどんが夜通し騒ぎ、ユキと私は一睡もできなかった。

【おはようだえ。目の下のクマがすごいだえ】

爽やかに声をかけて来たベニを睨む。

「ゲーム音と騒ぎ声で寝れなかったから」

【顔が怖いだえ。幼い妖精は遊ぶのが好きだえ】

騒々しい音の半分は、ベニのゲームのピコピコ音と負ける度に悔しがるベニの声なんだけど……。

「きゃんきゃん」

騒ぎ出したうどんを見れば、ギンがフリフリダンスをしていた。

「ギ、ギンちゃん？」

【カエデ、時間だえ】

「こんな急に？」

【大丈夫だえ。またすぐ会えるぞえ】

「本当に？」

【我は嘘をつかないだえ】

胸を張りながら言うベニのカサを強めに撫で尋ねる。

「ベニ、すぐっていつ？　妖精基準で言っているんじゃないよね？」

【カエデ、すごい力が入ってるだえ！　すぐだえ！　半年以内だえ！】

「それなら、そんな長い間じゃないじゃん」

【そろそろ転移が起こるだえ。ギンを頼むぞえ】

ベニに急かされ菌輪（フェアリーサークル）の中に立つ。せっかくまた会えたのに、こんな急な別れは拍子抜けだけど半年もすればまた会える……はず。

「ベニ、スマホはほどほどにね」

【……分かっただえ】

絶対分かってないな……。

「だえ～」

ギンがベニに両手を振ると、光が強くなり目を瞑る。

光が止み目を開けると、そこは死の森に転移する直前にいた野原だった。さっきまで見ていた場所にはもうベニはおらず、なんだか少し寂しくなった。

「カエデ～」

「キャウン」

「ヴュー」

珍しくユキを含む全員が身体を擦りつけてくる。うん、なんか元気出た。

「よし、ガーザの街に向かおっか！」

あとがき

一人キャンプの4巻をお手に取っていただきありがとうございます。また会えましたね。この夏の猛暑を皆さんは生き残れたでしょうか……。これを書いている現在、9月なのですが残暑がまだまだ厳しい日々です。一人キャンプは7月にコミカライズ単行本が出ました！　お手に取っていただけたら嬉しいです。

今回の巻はカエデの戦闘シーンが盛りだくさんでした。続々と湧く賊そして賊。いかがでしたでしょうか？　書籍版だけ特別登場の懐かしいベニもいました。ベニのキャラクターは気に入っているので、もっと登場させたいと思っています。もしかして、いつか……。

さて、前置きはここまで。前回のあとがきまでキャンプ行く行く詐欺をしていたのですが、ついに——！　行ってきました！

「キャンプだえ〜」

5月の週末に群馬にある自然あふれるとあるキャンプ場へ行ってきました。残念ながら時折雨天……でしたが、その雨天のおかげでキャンプ場はほぼ貸し切り状態でした。雨の音と鶯の鳴き声の中、お酒を片手にまったりと過ごせたのが最高でした。

キャンプは正直、数年ぶりでした。夕方からは雨も止み、ウキウキで肉厚ステーキを炭焼きし、たらふく食ってキャンプの本命、マシュマロとチョコの大盛りスモアを食べてから花火をやって締めにウイスキーを飲んで……少し楽しみ過ぎました。念のために言いますが一人では行っていないです。今回は、一人キャンプではないです（笑）

あと数回キャンプをして慣れてきたら一人でも楽しめるかなと思いますが、今は少人数でワイワイが楽しいです。また10月に次のキャンプを計画しております。次回は焼き鳥がしたいですね。

最後になりましたが、4巻刊行を可能にしていただいた全ての方に感謝したいと思います。担当者様方、ツギクルブックスの編集者の皆様、イラストレーターのむに先生、漫画家のはるちか先生、そして家族や友人。いつもたくさんのサポートをしていただきありがとうございます。

そして、引き続き5巻でもお付き合いいただいている皆様、本当にありがとうございます。

次回は、焼き鳥キャンプの詳細を話すことを楽しみにしております。それではまた。

トロ猫

次世代型コンテンツポータルサイト

「ツギクル」はWeb発クリエイターの活躍が珍しくなくなった流れを背景に、作家などを目指すクリエイターに最新のIT技術による環境を提供し、Web上での創作活動を支援するサービスです。

作品を投稿あるいは登録することで、アクセス数などの人気指標がランキングで表示されるほか、作品の構成要素、特徴、類似作品情報、文章の読みやすさなど、AIを活用した作品分析を行うことができます。

今後も登録作品からの書籍化を行っていく予定です。

ツギクルAI分析結果

「一人キャンプしたら異世界に転移した話4」のジャンル構成は、ファンタジーに続いて、SF、ミステリー、恋愛、歴史・時代、ホラー、現代文学、青春の順番に要素が多い結果となりました。

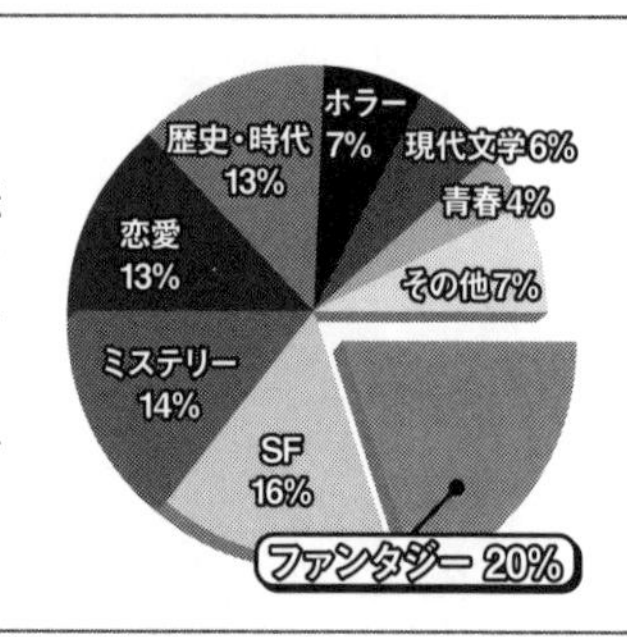

期間限定SS配信

「一人キャンプしたら異世界に転移した話4」

右記のQRコードを読み込むと、「一人キャンプしたら異世界に転移した話4」のスペシャルストーリーを楽しむことができます。ぜひアクセスしてください。
キャンペーン期間は2024年4月10日までとなっております。

あなた方の元に戻るつもりはございません！

著：火野村志紀
イラスト：天城望

特別な力？　戻ってきてほしい？
ほっといてください！

私、義子をかわいがるのにいそがしいんです！

OLとしてブラック企業で働いていた綾子は、家族からも恋人からも捨てられて過労死してしまう。
そして、気が付いたら生前プレイしていた乙女ゲームの世界に入り込んでいた。
しかしこの世界でも虐げられる日々を送っていたらしく、騎士団の料理番を務めていたアンゼリカは
冤罪で解雇させられる。さらに悪食伯爵と噂される男に嫁ぐことになり……。

ちょっと待った。伯爵の子供って攻略キャラの一人よね？
しかもこの家、ゲーム開始前に滅亡しちゃうの！？
素っ気ない旦那様はさておき、可愛い義子のために滅亡ルートを何とか回避しなくちゃ！

何やら私に甘くなり始めた旦那様に困惑していると、かつての恋人や家族から「戻って来い」と
言われ始め……。そんなのお断りです！

定価1,320円（本体1,200円＋税10%）　978-4-8156-2345-6

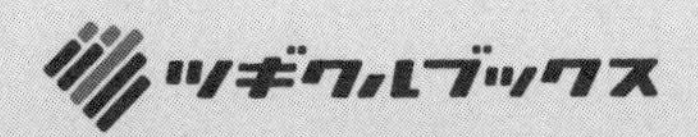

https://books.tugikuru.jp/

感情が天候に反映される特殊能力持ち令嬢は婚約解消されたので不毛の大地へ嫁ぎたい

かのん
illust 夜愁とーや

コミカライズ企画も進行中！

魔物を薙ぎ倒す国王に、溺愛されました！

不毛の大地も私の能力で豊かにしてみせます！

婚約者である第一王子セオドアから、婚約解消を告げられた公爵令嬢のシャルロッテ。
自分の感情が天候に影響を与えてしまうという特殊能力を持っていたため、常に感情を抑えて生きてきたのだが、それがセオドアには気に入らなかったようだ。
シャルロッテは泣くことも怒ることも我慢をし続けてきたが、もう我慢できそうにないと、不毛の大地へ嫁ぎたいと願う。
そんなシャルロッテが新たに婚約をしたのは、魔物が跋扈する不毛の大地にあるシュルトン王国の国王だった……。

定価1,320円（本体1,200円＋税10％）　978-4-8156-2307-4

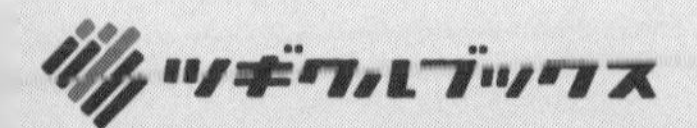

https://books.tugikuru.jp/

異世界に転移したら山の中だった。反動で強さよりも快適さを選びました。1〜12

著▲じゃがバター
イラスト▲岩崎美奈子

「」カクヨム 書籍化作品

「カクヨム」総合ランキング
累計1位
獲得の人気作
(2022/4/1時点)

2024年3月、最新13巻発売予定!

「コミック アース・スター」でコミカライズ好評連載中!

勇者には極力近づきません!

花火の場所取りをしている最中、突然、神による勇者召喚に巻き込まれ異世界に転移してしまった迅。巻き込まれた代償として、神から複数のチートスキルと家などのアイテムをもらう。目指すは、一緒に召喚された姉(勇者)とかかわることなく、安全で快適な生活を送ること。
果たして迅は、精霊や魔物が跋扈する異世界で快適な生活を満喫できるのか——。
精霊たちとまったり生活を満喫する異世界ファンタジー、開幕!

定価1,320円(本体1,200円+税10%)　ISBN978-4-8156-0573-5　「カクヨム」は株式会社KADOKAWAの登録商標です。

https://books.tugikuru.jp/

NEW

嫌われたいの
～好色王の妃を全力で回避します～

ピッコマ、その他主要書籍ストアにて配信開始！

――不幸な未来が訪れるなら、大好きなアナタに嫌われたいの……！ 16才の侯爵令嬢ルイーゼはある日、ひょんなことから前世の記憶を取り戻す。自分が大好きだった乙女ゲームの悪役令嬢に転生したことを知ったルイーゼはこれから訪れるみじめで悲惨な未来を思い出し愕然とする…… 。このままだと大好きな人には愛されず、不幸な王妃生活か婚約破棄されて国外追放される未来が待っていると知ったルイーゼは……。「そんな未来はどっちも嫌！」自ら行動するため決意を固めたルイーゼ。はたして無事に不幸な未来を回避することができるのか？大好きな人に嫌われることはできるのか、彼女の行く末はいかに…… 。

ツギクルコミックス人気の配信中作品

＼主要電子書籍ストアで好評配信中／

三食昼寝付き生活を約束してください、公爵様

＼コミックシーモアで好評配信中／

出ていけ、と言われたので出ていきます

＼主要電子書籍ストアで好評配信中／

婚約破棄 23 回の冷血貴公子は田舎のポンコツ令嬢にふりまわされる

ツギクルコミックス

https://comics.tugikuru.jp/

コンビニで
ツギクルブックスの特典SSや
ブロマイドが購入できる!

famima PRINT　セブン-イレブン

『異世界に転移したら山の中だった。反動で強さよりも快適さを選びました。』『もふもふを知らなかったら人生の半分は無駄にしていた』『三食昼寝付き生活を約束してください、公爵様』などが購入可能。
ラインアップは、今後拡充していく予定です。

特典SS　80円(税込)から
ブロマイド　200円(税込)

「famima PRINT」の詳細はこちら
https://fp.famima.com/light_novels/tugikuru-x23xi

「セブンプリント」の詳細はこちら
https://www.sej.co.jp/products/bromide/tbbromide2106.html

愛読者アンケートに回答してカバーイラストをダウンロード！

愛読者アンケートや本書に関するご意見、トロ猫先生、むに先生へのファンレターは、下記のURLまたは右のQRコードよりアクセスしてください。
アンケートにご回答いただくとカバーイラストの画像データがダウンロードできますので、壁紙などでご使用ください。
https://books.tugikuru.jp/q/202310/solocamp4.html

本書は、カクヨム（https://kakuyomu.jp/）に掲載された「一人キャンプしたら異世界に転移した話」を加筆修正したものです。

一人(ひとり)キャンプしたら異世界(いせかい)に転移(てんい)した話(はなし)4

2023年10月25日　初版第1刷発行

著者　トロ猫(ねこ)

発行人　宇草 亮
発行所　ツギクル株式会社
〒106-0032　東京都港区六本木2-4-5
TEL 03-5549-1184
発売元　SBクリエイティブ株式会社
〒106-0032　東京都港区六本木2-4-5
TEL 03-5549-1201

イラスト　むに
装丁　株式会社エストール

印刷・製本　中央精版印刷株式会社

定価はカバーに表示してあります。

乱丁本、落丁本はお取り替えいたします。

本書の内容を無断で複製・複写・放送・データ配信などをすることは、かたくお断りいたします。

©2023 toroneko
ISBN978-4-8156-2290-9
Printed in Japan